Laura Gallego García
Der Ruf der Toten

© Javier Calbet

Laura Gallego García wurde 1977 bei Valencia in Spanien geboren. Sie hat Geschichte und Spanische Literatur studiert und sich auf Themen des Mittelalters spezialisiert. Für ihren Debütroman ›Finis mundi‹ (dtv junior 70754) bekam sie 1998 den renommierten Preis ›El Barco de Vapor‹. Mit ihrer Fantasy-Trilogie um die ›Geheime Welt Idhún‹ hat sie den Durchbruch zur internationalen Bestseller-Autorin geschafft. ›Der Ruf der Toten‹ ist der letzte von drei Bänden um die Zauberschule im Tal der Wölfe.
Weitere Titel von Laura Gallego García siehe Seite 4

Ilse Layer, geboren 1958, arbeitet seit 1991 als Literaturübersetzerin und hat bislang 30 Romane und Jugendbücher sowie viele Filme aus nahezu allen spanischsprachigen Ländern ins Deutsche übertragen, darunter sämtliche von Laura Gallego García auf Deutsch erschienenen Bücher. Sie lebt in Berlin und Spanien.

Laura Gallego García

Der Ruf der Toten

Roman

Aus dem Spanischen
von Ilse Layer

Deutscher Taschenbuch Verlag

Von Laura Gallego García sind außerdem
bei dtv junior lieferbar:
Finis mundi oder Die drei magischen Amulette (dtv junior 70754)
Geheime Welt Idhún 1 – Die Verschwörung (dtv extra 70992)
Geheime Welt Idhún 2 – Die Feuerprobe (dtv extra 71219)
Geheime Welt Idhún 3 – Der Krieg der Götter I (dtv extra 71290)
Geheime Welt Idhún 3 – Der Krieg der Götter II (dtv extra 71317)
Das Tal der Wölfe (dtv junior 71168)
Der Fluch des Meisters (dtv junior 71245)

Deutsche Erstausgabe
In neuer Rechtschreibung
Juli 2008
Deutscher Taschenbuch Verlag GmbH & Co. KG, München
www.dtvjunior.de

Titel der spanischen Originalausgabe: ›La Llamada de los Muertos‹,
2002 erschienen bei Ediciones SM, Madrid

Umschlagkonzept: Balk & Brumshagen
Umschlaggestaltung: Christine Skobranek
Lektorat: Britt Arnold
Gesetzt aus der Aldus 11/14·
Gesamtherstellung: Druckerei C. H. Beck, Nördlingen
Gedruckt auf säurefreiem, chlorfrei gebleichtem Papier
Printed in Germany · ISBN 978-3-423-71305-4

»Jetzt antworte mir ganz aufrichtig«,
sagte der Magier. »Würdest du alles über Bord
werfen, was du bisher gelernt hast, alle
Möglichkeiten und Geheimnisse, die die Welt der
Magie dir bieten kann, um beim Mann deines Lebens
zu bleiben? Würdest du alles für ihn aufgeben? (…)«
»Ich würde alles aufgeben«,
antwortete Brida schließlich. (…)
»Du hast die Wahrheit gesagt.
Ich werde dich unterrichten.«

Paulo Coelho, *Brida*

1

Saevin

Der Schneesturm peitschte das Tal der Wölfe mit Macht. Zwei Gestalten kämpften sich mühsam den Weg hinauf, nach vorne gebeugt, um gegen den Wind anzukommen. Ganz offensichtlich war es eine schlechte Nacht, um unterwegs zu sein, aber das kümmerte den Älteren nicht. Hinter seiner Eile steckte Angst und zwar mehr vor dem Jungen neben ihm als vor dem Schneegestöber.

Der Junge, der in einen dicken Umhang gehüllt war, spürte diese Angst. Das war dem Mann klar. Sie waren vor zwei Monaten aufgebrochen. Er hatte dem Jungen nie gesagt, wo die Reise hinging, und dieser hatte nicht gefragt. Er hatte auch sonst kaum gesprochen, sondern ihn immer nur mit diesem sonderbaren Blick und einem leichten Lächeln auf den Lippen angesehen. Der Mann erschauerte, aber nicht wegen der Kälte. Er wandte sich dem Jungen kurz zu, und dieser warf einen unergründlichen Blick zurück.

Sie setzten den Weg fort, bis der Mann auf einmal

stehen blieb und die Laterne hochhielt. Vor ihnen ragte ein hohes Eisengitter auf. »Wir sind da«, verkündete er nüchtern.

Zum ersten Mal seit vielen Tagen machte der Junge den Mund auf. »Der Turm«, sagte er.

Der Mann bekam eine Gänsehaut. Wieso wusste er Bescheid? »Tja, also«, druckste er herum. »Irgendwo muss es ein Glöckchen zum Läuten geben oder so etwas in der Art ...«

Suchend hob er die Laterne höher, als plötzlich ein lautes Schnauben zu hören war, das aus dem Inneren der Erde zu dringen schien. Der Mann schreckte zurück. Sie wurden in eine große, heiße Dampfwolke gehüllt. Er musste husten und blinzelte. Was er sah, ließ ihm das Blut in den Adern stocken.

Über das Gitter erhob sich langsam ein riesiger Kopf, der auf einem langen, geschuppten Hals saß, ein Kopf mit gebogenen Hörnern und Reißzähnen, der sich mit zusammengekniffenen Augen zu ihnen herabsenkte. Der Ältere schrie vor Entsetzen beim Anblick des Geschöpfs, während der Jüngere ungerührt blieb.

»Guten Abend, Reisende«, sagte der Drache freundlich. Seine grünen Augen funkelten vergnügt und spöttisch, als er die entsetzte Miene des Älteren sah. »Willkommen im Turm.«

»Wir ... wir ...«, stammelte dieser. »Wir ... wollten gerade wieder gehen.«

»Das tun wir nicht, Vater«, mischte sich da der

Junge ruhig, aber bestimmt ein. Der andere wandte sich ihm zitternd zu. Es war schwer zu sagen, was ihm mehr Furcht einflößte, das riesige Reptil oder sein eigener Sohn.

»Ich verstehe«, bemerkte der Drache. »Ihr wollt mit der Turmherrin sprechen, nicht wahr?«

»J... ja.«

Der Drache zog sich ein Stück zurück und das Tor schwang auf. Der Vater blinzelte verwirrt, denn er war überzeugt, dass niemand ans Gitter getreten war. Sein Sohn wirkte hingegen überhaupt nicht überrascht. Er beobachtete alles ruhig und nachdenklich, ohne dass jemand hätte sagen können, was hinter diesen Augen vorging, die von einem so hellen Blau waren, dass sie wie Eis wirkten.

»Willkommen«, ertönte da eine andere, weibliche Stimme.

Aus der Dunkelheit tauchte eine Gestalt auf, von der ein Funkeln ausging. Der Junge rührte sich nicht, während sein Vater ein paar Schritte zurückwich. Als die Frau durch das Tor auf sie zukam, sahen sie, dass an ihr nichts Übernatürliches war, zumindest nicht auf den ersten Blick. Das Funkeln rührte von ihrer goldenen Tunika, an der sich das Licht brach. Die Frau lächelte sie sanft an. Sie war Anfang dreißig, hatte rabenschwarzes Haar und blaue Augen, die tief und heiter waren wie das Meer, wenn es friedlich ist.

»Wir suchen die Turmherrin, die Dame mit dem ... Drachen«, erklärte der Ältere mit einem misstrauischen Seitenblick auf den Drachen, der ungerührt hinter dem Gitter aufragte.

»Ich bin die Turmherrin und die Dame mit dem Drachen«, erwiderte sie. »Was kann ich für euch tun?«

»Es geht um ihn«, antwortete der Mann und deutete mit einem bebenden Finger auf seinen Sohn. »Wir wollen ihn nicht mehr im Haus. Er gehört nicht unter normale Menschen …« Erschrocken über die eigenen Worte stockte er.

Die Turmherrin musterte den Jungen mit nachdenklicher Miene. »Ich sehe schon …«, erwiderte sie.

»Immer die gleiche Geschichte«, knurrte der Drache in der Dunkelheit.

»Nein, Ihr versteht das nicht …«, widersprach der Mann kopfschüttelnd.

Die Frau sah ihm in die Augen und erblickte Furcht, aber auch eine flehentliche Bitte. Dann richtete sie ihren Blick erneut auf den Jungen. »Wie heißt du?«

»Saevin«, antwortete sein Vater für ihn.

Es trat ein angespanntes Schweigen ein, das nur vom dumpfen Tosen des Schneesturms untermalt wurde.

»Willkommen im Turm, Saevin«, sagte sie dann. »Wir nehmen dich bei uns auf.«

Der Mann seufzte erleichtert. Der Junge sagte nichts. Seine Miene war nach wie vor undurchdringlich.

»Dann glaubst du, er hat magische Fähigkeiten?«, fragte der Drache.

Die Turmherrin antwortete nicht gleich, sondern ließ ihren Blick von einem der kleinen Balkone im ersten Stock des Turms aus über die Landschaft schweifen. Der Sturm hatte sich vor einer ganzen Weile gelegt. Nun fiel der Schnee sanft aufs Tal der Wölfe. »Ohne Zweifel, Kai«, antwortete sie schließlich.

»Was macht dir dann Sorgen?«

Sie runzelte nachdenklich die Stirn. »Ich weiß es nicht genau. Vielleicht seine Aura. Vielleicht sein Blick. Vielleicht die Furcht, die er bei seinem eigenen Vater auslöst ...«

»Die Nichteingeweihten haben Angst vor allem, was sie nicht verstehen, Dana. Das hast du doch schon oft gesagt.«

Die Turmherrin wandte sich dem Drachen zu. Er lag nach wie vor im Garten, war jedoch so groß, dass ihre Köpfe sich auf derselben Höhe befanden. Sie sahen sich tief in die Augen. Zart strich Dana ihm über die Nüstern. Der Drache schloss wohlig die Augen.

»Aber der Mann wusste, wer ich bin«, fuhr sie fort. »Und er hatte keine Angst vor mir, sondern vor Saevin. Es ist doch seltsam, wenn ein so junger Kerl seine Familie so in Schrecken versetzt, ganz gleich, wie viel Macht er hat.«

Kai neigte den Kopf und reckte seinen langen, geschuppten Hals näher zu ihr. »Erinnerst du dich noch an Salamandra?«

Die Turmherrin lächelte. »Wie könnte ich sie vergessen?«

»Ihre Macht war auch zum Fürchten, als sie hier ankam. Weißt du noch, was ihre Nachbarn mit ihr machen wollten, Dana? Wenn Fenris und Jonás nicht rechtzeitig eingegriffen hätten …«

»Ich weiß.«

»Dabei war sie gerade mal dreizehn und hatte keine Ahnung, was mit ihr los war.«

»Genau das macht mir ja Sorgen, Kai.« Die Turmherrin wandte sich dem Drachen mit ernster Miene zu. »Saevin weiß genau Bescheid.«

Es war schon sehr spät, als Jonás zu den Gemächern der Turmherrin hinaufstieg. Er war etwa zwanzig, dunkelhaarig, ernst und Danas ältester Schüler im Turm. Nachdem er die hohe Wendeltreppe erklommen hatte, blieb er schließlich im letzten Stockwerk stehen. Dort gab es vier Türen: Danas Studierzimmer, ihr Laboratorium und ihr Schlafzimmer … Die vierte Tür war immer verschlossen und nur wenige wussten, was sich dahinter verbarg.

Jonás war einer von ihnen, doch nicht deshalb war er hergekommen. Wie vermutet, entdeckte er im Spalt unter der Tür des Studierzimmers Licht. Er seufzte. Schon seit Jahren verbrachte die Turmherrin viele schlaflose Nächte und suchte in den Büchern die Formel, die ihr ihr verlorenes Glück wiederbringen würde. Er klopfte leise an. Er erhielt nicht gleich Antwort und fürchtete schon, Dana sei über ihren Büchern eingeschlafen. Als er gerade wieder gehen wollte, öffnete sich die Tür.

»Komm rein, Jonás«, sagte die Turmherrin. »Ich habe dich erwartet.« Sie hatte ihre goldene Tunika gegen eine einfachere weiße ausgetauscht, die sicher bequemer war. Auf ihrem Tisch stapelten sich lauter dicke, alte Bände aus der Bibliothek. Einer von ihnen war aufgeschlagen. »Du bist wegen Saevin gekommen, stimmt's?«, fragte sie.

Jonás holte tief Luft. »Meisterin, ich habe mein halbes Leben im Turm verbracht. Du weißt, dass mir die neuen Schüler immer willkommen waren. Aber diesmal …« Er verstummte nachdenklich. Dana wartete schweigend, bis er weitersprach. »Saevin ist anders«, fuhr Jonás fort. »Er freut sich nie und wird nie nervös, er stellt nicht einmal Fragen. Er hat auch keine Angst. Er ist immer so …«

»… gleichgültig?«, kam Dana ihm zu Hilfe.

»Ja … nein, das trifft es nicht. Es ist, als würde er schon alles kennen. Nichts kann ihn überraschen. Ich weiß, es mag daran liegen, dass er müde ist, aber da ist noch etwas anderes. Ich habe ein komisches Gefühl.«

»Gute Intuition«, bemerkte Dana.

»Wer ist er, Meisterin?«, fragte Jonás.

Die Turmherrin richtete ihre blauen Augen auf ihn. »Wenn wir das nur wüssten, Jonás.«

Die Ankunft des neuen Schülers im Turm verursachte anfangs einigen Aufruhr, vor allem unter den Jüngsten. Jonás ließ seine Pflichten einen Tag lang ruhen, um sich um ihn zu kümmern und ihn vor der Neugier der Kleinen zu schützen.

»Vermutlich weißt du schon, was der Turm für ein Ort ist«, begann er. Da Saevin nicht darauf reagierte, fügte er hinzu: »Der Turm ist eine der letzten Zauberschulen auf der Welt. Im Moment gibt es hier etwa fünfzehn Schüler, was für die heutige Zeit gar nicht schlecht ist. Der Ruhm der Turmherrin hat dazu beigetragen, dass wir Magier besser angesehen sind als noch vor einigen Jahren.«

Saevin blieb weiterhin stumm. Es war kein mürrisches Schweigen, im Gegenteil, er schien Jonás freundlich zuzuhören, doch dieser hatte das Gefühl, der Neue höre sich geduldig an, was er längst wusste.

»Du trägst bereits die weiße Tunika, wie ich sehe«, fuhr er ein wenig verstimmt fort. »Diese Farbe signalisiert, dass du ein Lehrling der ersten Stufe bist. Du hast bestimmt gesehen, dass wir dir das Buch der Erde in dein Zimmer gelegt haben. Das wird dein erstes Zaubermanual sein. Wenn du nicht lesen kannst …«

»Ich kann lesen«, brachte Saevin ruhig vor.

»Sehr schön. Aber du wirst auf alle Fälle Arkanisch lernen müssen. Sollte die Magie dir wirklich liegen, dürfte das allerdings kein Problem sein. Sobald die Meisterin der Meinung ist, dass du so weit bist, wird sie dich deiner ersten Prüfung unterziehen. Wenn du sie bestehst, kommst du in die zweite Stufe und tauschst deine weiße Tunika gegen eine grüne ein, was bedeutet, dass du das Element Erde beherrschst. Dann studierst du das Buch der Luft, das Buch des Wassers und das Buch des Feuers, und zwar in dieser Reihenfolge. Aus deiner grünen Tunika wird eine blaue, aus der blauen eine violette und aus der violetten schließlich eine rote. Wenn du die rote Tunika errungen hast, also nach einer Prüfung namens Feuerprobe, giltst du als anerkannter Magier.«

Saevin nickte wortlos.

»Jetzt weißt du also, warum die Lehrlinge verschiedenfarbige Tuniken tragen«, schloss Jonás. Auf seine eigene – rote – Tunika ging er nicht ein. Er hatte im Vorjahr die Feuerprobe bestanden und deshalb nachts immer noch Albträume, wollte Saevin jedoch nicht gleich am ersten Tag einen Schreck einjagen. Der gleichmütigen Miene des Neuankömmlings nach zu schließen war das allerdings so gut wie unmöglich.

Jonás wartete auf die Frage, die alle Neuen stellten: Warum trug Dana eine goldene Tunika? Er erzählte dann immer von denen, die über den einfachen Magiern standen: den Erzmagiern. Die Turmherrin war eine Erzmagierin und deren Farbe war Gold, wobei Dana häufig auch andere Farben trug. Ihre Lieblingstunika war weiß, eine Farbe, die für die Magier so etwas wie Trauer signalisierte. Damit kleideten sie ihre Lehrlinge, bis sie die erste Prüfung bestanden hatten, die zeigte, dass sie die Magie in sich geweckt und ein neues Leben begonnen hatten. Jonás erzählte allerdings nie jemandem, warum Dana diese Vorliebe für Weiß hatte, ausgerechnet eine mächtige Zauberin wie sie.

Doch diesmal wurde die Frage nach der goldenen Tunika nicht gestellt. Saevin begnügte sich mit einem stummen Nicken. Daraufhin führte Jonás ihn zu den wichtigsten Einrichtungen des Turms, etwa der riesigen Bibliothek, dem Observatorium, der Küche, die sich im Erdgeschoss befand, sowie den Ställen, wo Saevins neues Pferd auf seinen Besitzer wartete. »Ich zeige dir nicht alle Räume, denn dazu würden wir den ganzen Tag brauchen«, erklärte er. »Der Turm hat zwölf Stockwerke und viele Zimmer werden seit Jahren nicht mehr benutzt, wir sind ja nur sehr wenige, auch wenn es im Moment wie gesagt mehr Lehrlinge denn je gibt. Du hast den Turm bereits von außen gesehen. Hast du auf die kleine Plattform und die Zinnen ganz oben geachtet? Darüber befinden sich die Gemächer der Turmherrin. Wir Lehrlinge können sie dort oben aufsuchen, wenn es sein muss, aber es ist besser, sie nicht unnötig zu belästigen.«

Jonás erläuterte, dass das Erlernen der Magie etwas sehr Individuelles war. Jeder Schüler hatte neben seinem Zimmer ein kleines Studierzimmer, das zugleich auch Laboratorium war, und die Bibliothek stand allen offen. Die Älteren brachten den Neuen Arkanisch bei und anschließend arbeitete jeder sein Lehrmaterial im eigenen Tempo durch. Die Turmherrin wachte über die Fortschritte jedes einzelnen Schülers und beantwortete alle Fragen.

Jonás war mit Saevin früher fertig als vorgesehen. Der Junge bedankte sich und zog sich anschließend in sein Zimmer zurück. Jonás blieb mitten im Flur stehen. Dies war der sonderbarste Lehrling, den er jemals willkommen geheißen hatte.

In dieser Nacht stieg die Turmherrin erneut zum Balkon im ersten Stock hinunter, um mit Kai, dem Drachen, zu sprechen.

»Ist etwas?«, fragte er, als er sie kommen sah. »Du siehst besorgt aus.«

Anstelle einer Antwort schloss sie die Augen, um sich zu konzentrieren, hob den Arm und sagte etwas auf Arkanisch. Einige Sekunden lang schimmerte ihre Hand bläulich. Als sie die Augen wieder aufmachte, schlief der Drache tief und fest im Garten und vor ihr stand ein blonder, etwa sechzehnjähriger Junge, dessen grüne Augen sie ernst ansahen. Er war allerdings eindeutig körperlos: Seine Gestalt war so durchsichtig, dass man erkennen konnte, was sich hinter ihm befand. Dana seufzte gereizt. »Warum will es mir einfach nicht gelingen?«, fragte sie.

»Du bist inzwischen doch schon ein ganzes Stück weitergekommen«, gab der Junge zu bedenken. »Anfangs konntest du mit deiner Magie nicht einmal mein Bild herbeirufen. Jedenfalls …« Er zögerte, fügte jedoch nichts hinzu.

»Ich weiß, was du denkst, Kai«, erwiderte sie. »Du glaubst nicht daran, dass ich dir je deinen wahren Körper zurückgeben kann.«

Kai schüttelte den Kopf. »Dana, mein wahrer Körper ist vor über fünfhundert Jahren gestorben, das weißt du ja. Das ist auch für mich frustrierend, aber nicht mehr ganz so wie früher. Du solltest dich darüber freuen, dass ich überhaupt wieder einen Körper habe, auch wenn es ein Drachenkörper ist.«

»Eine eigenartige Reinkarnation«, versetzte Dana. »Ich weiß, Kai. Unsere Geschichte ist reichlich kompliziert. Wir haben uns als Kinder kennengelernt. Ich war lebendig und du nicht und ich habe mir immer gewünscht, ich könnte das ändern, dir einen Körper geben, damit du wieder lebendig wirst. Aber als sich die Gelegenheit bot …«

Dana sprach nicht weiter. Kai warf dem schlafenden Drachen einen kurzen Blick zu, dem Körper, der ihm ermöglichte, bei der Turmherrin in der Welt der Lebenden zu sein.

»Aber eines Tages wird es mir gelingen, das schwöre ich dir«, fügte sie hinzu.

Besorgt schüttelte Kai den Kopf. »Dana, ehrlich gesagt …«

Ein spitzer Schrei unterbrach ihn. Dana sah zu den oberen Stockwerken des Turms hinauf. Als sie sich wieder Kai zuwandte, war das Bild des Jungen nicht mehr da, aber die Augen des riesigen goldenen Drachen blickten sie an. »Es ist Iris«, erklärte er.

Dana machte eine magische Handbewegung. Augenblicklich löste sie sich ohne jedes Geräusch in Luft auf und materialisierte sich wieder in Iris' Zimmer.

Das Mädchen, eine zwölfjährige Schülerin der zweiten Stufe, die erheblich jünger wirkte, stand zitternd in einer Ecke ihres Zimmers. Ihr erschrockenes Gesicht war halb von der Decke verdeckt, in die sie sich gewickelt hatte. Als sie die Turmherrin auftauchen sah, kam sie aus ihrem Versteck. »Meisterin!«, rief sie. Ihre großen braunen Augen waren weit aufgerissen. »In meinem Zimmer war ein schrecklicher Dämon, aber jetzt ist er fort. Der da hat ihn vertrieben.«

Dana drehte sich nach der Person um, auf die Iris deutete. Der Junge erwiderte ihren Blick ruhig und gelassen, als wäre das Vertreiben eines Dämons etwas ganz Alltägliches. Der Turmherrin verschlug es die Sprache.

Es war Saevin.

2

Die Prophezeiung

»Ich habe herausgefunden, wer dafür verantwortlich ist, Meisterin«, erklärte Jonás. »Du willst bestimmt mit ihm sprechen, oder?«

Dana runzelte die Stirn, während sie den Blick über die schöne Landschaft schweifen ließ, die vom Fenster ihres Studierzimmers in der Turmspitze aus zu sehen war. »Ich weiß schon, wer es war, Jonás. Er hat die ganze Nacht geübt, um sich auf die Feuerprobe vorzubereiten, und dabei ist ihm der Dämon entwischt, den er angerufen hatte …«

»Oh. Du weißt schon Bescheid.«

»Aber ich habe dich nicht deswegen gerufen.« Die Turmherrin wandte sich ihm zu. »Zusammen mit Kai bist du meine rechte Hand, seit Fenris fort ist.« In Erinnerung an den abwesenden Freund gingen ihre Worte in einen leichten Seufzer über. »Deshalb möchte ich mit dir sprechen.«

Jonás errötete und senkte den Blick. »Dana, ich …«, begann er, aber sie hob abwehrend die Hand.

»Es beunruhigt mich nicht, dass ein Schüler der vierten Stufe die Kontrolle über einen Dämon verliert, denn das ist bis zu einem gewissen Grad verständlich. Sehr wohl beunruhigt mich aber die Tatsache, dass ein Junge, der noch nie Magie studiert hat, imstande ist, ihn kurzerhand wieder in seine Dimension zurückzuschicken.«

Jonás starrte sie an, ohne seinen Ohren zu trauen. »Das hat Saevin getan?«

»Nach dem, was Iris mir erzählt hat, ja. Sein Zimmer ist ganz in der Nähe, deswegen war er gleich da, als er sie schreien hörte. Trotzdem hat er nicht viel Zeit gehabt, es mit dem Dämon aufzunehmen, bevor ich aufgetaucht bin, ich habe nämlich kurz darauf den Teletransportationszauber benutzt. Iris zufolge hat Saevin den Dämon nur angesehen und zu ihm gesagt: ›Verschwinde‹. Und er hat gehorcht. Er ist an keinen anderen Ort im Turm oder sonst wo auf der Welt gegangen, sondern schnurstracks in seine Dimension zurückgekehrt.«

Jonás war zutiefst beeindruckt. »Aber das ist … unmöglich!«

»Das ist nicht unmöglich, Jonás. Aber es ist absolut außergewöhnlich.« Sie sah den jungen Zauberer eindringlich an. »Ab und zu wird jemand geboren, der vorherbestimmt ist. Auserwählt. Für eine wichtige Mission, die er auf der Welt erfüllen muss.« Die Turmherrin tat sich schwer, es zu erklären. »Als Gegenleistung für diese … sagen wir … ›Verpflichtung‹

wird derjenige mit übermenschlichen Fähigkeiten geboren, die größer sein können als die vieler Magier und mancher Erzmagier. Diese Fähigkeiten zeigen sich jedoch nur bei ganz bestimmten Gelegenheiten und fallen sonst kaum auf. Beim Studium der Magie zum Beispiel tun sich solche Menschen oft nicht besonders hervor.«

»Willst du damit sagen …«, stieß Jonás hervor, »dass wir eine Art … Helden unter uns haben?«

»Nein. Er könnte ein Held sein oder auch das genaue Gegenteil. Vielleicht ist er dazu berufen, große Dinge zu tun … als Bösewicht.«

Jonás holte tief Luft und nickte. »Ich verstehe. Was sollen wir denn dann tun? Wie sollen wir ihn behandeln?«

»Das weiß ich nicht. Wenn er sich gegen uns wenden sollte, ist es natürlich unsere Aufgabe, ihm so bald wie möglich Einhalt zu gebieten. Wenn er aber für das Gute vorgesehen ist, ist es unsere Pflicht, ihm zu helfen und ihm beizubringen, mit seiner Macht umzugehen, bis sein Schicksal in Erfüllung geht.«

»Und wie sollen wir das herausfinden, Dana?«

»Das können wir nicht herausfinden. Wir nicht.«

»Wer denn sonst?«

Die Turmherrin schwieg einen Moment und hing ihren Gedanken nach. »Es gibt einen Ort …«, sagte sie schließlich. »Weit, weit im Osten liegt die Vergessene Stadt und dort befindet sich der Tempel ohne Namen. Dort gibt es ein Orakel. Wenn uns jemand sagen kann, was die Zukunft bringen wird, dann dieses Orakel.« Sie wandte sich dem Magier zu und sah ihm in die Augen. »Kai und ich machen uns sofort auf den Weg, Jonás. Auf seinem Rücken brauche ich für die Reise zum Orakel nur ein paar Tage. Ich möchte, dass du in der Zwischenzeit das Kommando über den Turm übernimmst.«

Jonás wurde blass. »Aber Meisterin, ich …«

»Du bist sehr wohl in der Lage, die Schule ein paar Tage lang zu leiten. Das weiß ich. Ich kenne dich, ich habe dich unterrichtet. Man könnte fast sagen, ich habe dich großgezogen. Ich habe nicht den geringsten Zweifel daran, dass du deine Sache gut machen wirst.«

Jonás wollte widersprechen, doch dann schwieg er und nickte. »Ich werde dich nicht enttäuschen, Meisterin«, sagte er.

Iris blieb einen Moment vor der Tür stehen. Sie zitterte wie Espenlaub und ihre Wangen waren ein wenig blass. Sie atmete tief durch, einmal, zweimal, dreimal, dann klopfte sie leise an. Die Tür ging fast sofort auf. Als Saevin im Türrahmen auftauchte, verwandelte sich die Blässe des Mädchens in tiefes Erröten. »Hal… hallo«, sagte Iris leise.

»Hallo«, erwiderte Saevin. Seine Augen, die hell waren wie Eis, musterten sie aufmerksam.

Sie senkte den Blick. »Tut mir leid, wenn ich dich störe.« Saevin sagte nichts, sondern wartete ganz einfach. Die schüchterne Iris nahm all ihren Mut zusammen und fügte hinzu: »Ich wollte mich nur bei dir für heute Nacht bedanken. Du warst sehr mutig.«

Saevin sah sie nach wie vor stumm an. Iris wäre am liebsten in den Erdboden versunken. Es war wirklich dumm von ihr gewesen, mit ihm sprechen zu wollen, sagte sie sich. Sie trug zwar bereits die grüne Tunika und Saevin war gerade erst im Turm angekommen, aber er war älter als sie. Und er war ganz offensichtlich falsch eingestuft worden: Ein Lehrling der ersten Stufe konnte keine Dämonen bezwingen.

Sie wollte gerade noch einmal sagen, dass es ihr leid tat, ihn gestört zu haben, als er unerwartet lächelte. Iris' Herz begann sogleich, schneller zu schlagen.

»Keine Ursache«, sagte er nur.

Dana studierte eine alte Landkarte, die sie auf dem Tisch in ihrem Studierzimmer ausgebreitet hatte. Der Tempel ohne Namen war weit weg, von Bergen umschlossen, die den Zugang erschwerten. Kai und sie würden allerdings auf dem Luftweg anreisen.

Plötzlich spürte sie im Nacken so etwas wie einen eisigen Hauch und erschauerte. Sie wusste ganz genau, was das bedeutete. Das passierte ihr hin und wieder. Sie drehte sich langsam um. Auch wenn sie auf alles Mögliche gefasst war – mit ihr hatte sie nicht gerechnet: eine nicht sehr große Frau mittleren Alters mit dunklem Haar und graubraunen Augen, die wie Dana eine goldene Tunika trug. Ihr luftiges Abbild schien aus nichts als Nebel zu bestehen, aber Dana richtete dennoch das Wort an sie: »Willkommen zurück im Turm, Aonia. Du hast mich lange nicht besucht.«

»Wenn man tot ist, verliert man das Zeitgefühl«, erwiderte der Geist der Zauberin freundlich. »Du bist älter geworden, Dana. Wie viel Zeit ist vergangen?«

»Fast zwanzig Jahre«, antwortete die Turmherrin lächelnd. »Und genauso lange will ich dir schon für alles danken, was du damals für mich getan hast.«

Aonia neigte den Kopf. »Es sollte so sein«, erwiderte sie nur. »Aber mein Besuch ist kein Zufall, Dana. Uns steht etwas bevor, das sowohl für die Lebenden als auch für die Bewohner des Jenseits sehr bedeutsam ist. Etwas, das das Schicksal beider Dimensionen für immer verändern könnte.«

Dana erschauerte. »Ich bin ganz Ohr.«

»Du bist eine *Kin-Shannay*, Dana, das weißt du«, sprach Aonia weiter. »Dir ist die Fähigkeit angeboren, mit den Geistern der Toten in Verbindung zu treten. Aber was du nicht weißt: Dein Dasein hat einen Grund. Zurzeit bist du die einzige *Kin-Shannay* auf der Welt. Deine Geburt war kein Zufall. Es musste in der Welt der Lebenden eine *Kin-Shannay* mit voll entwickelten Fähigkeiten geben, wenn der Moment eintritt.«

»Welcher Moment?«

»Der Moment.« Der Geist warf ihr einen unergründlichen Blick zu. »Einmal in mehreren Tausend Jahren nähert sich die Dimension der Lebenden und die der Toten so weit an, dass die Grenze durchlässig wird. Dieser Moment steht unmittelbar bevor. In zwei Wochen wird es so weit sein, Dana. Und du spielst in den Plänen vieler Leute eine entscheidende Rolle.«

Mit einem Funken Zorn in ihren blauen Augen richtete Dana sich auf. »Ich werde nicht dulden, dass jemand über meinen Kopf hinweg Pläne mit mir macht«, versetzte sie.

»Leider ist es aber so, Turmherrin. Viele Geister im Totenreich sind ganz versessen darauf, ins Leben zurückzukehren. Wenn es ihnen gelänge, die Trennung zwischen beiden Dimensionen aufzuheben, könnten sie wieder auferstehen. Aber nur mithilfe einer *Kin-Shannay.*«

Dana sah sie eindringlich an. »Soll das etwa heißen, dass die Welt der Lebenden und die der Toten bald miteinander verschmelzen könnten?«

»Genau das meine ich. Das hätte für die Bewohner beider Welten enorme Folgen. Die Toten könnten ins Leben zurückkehren … und die Lebenden könnten die Unsterblichkeit erlangen. Für beide Seiten steht also viel auf dem Spiel, das verstehst du sicher. Und du spielst dabei eine Schlüsselrolle. Du und Saevin.«

»Saevin«, wiederholte Dana. Sie hatte sich zitternd auf den Schreibtisch gestützt. »Aber was kommt in einer Welt ohne Grenzen zwischen Leben und Tod auf uns zu? Was geschieht, wenn es jemandem gelingt, diese Grenze aufzuheben?«

»Das kann ich nicht sagen, Dana. Ich kenne die

Zukunft nicht. Ich kann dir nur etwas über die Gegenwart sagen. Wir Geister können alle spüren, wenn der Moment naht, an dem die Grenze durchlässiger wird, aber wir können nicht vorhersagen, welche Konsequenzen das haben wird.«

Dana holte tief Luft. »Ich glaube, ich kann da etwas tun.«

Aonia nickte. »Ich verlasse mich auf dich und deine Einschätzung, *Kin-Shannay*. Aber sei auf der Hut. Deine Verbindungen zum Tod sind stärker als die jedes anderen Lebewesens.« Je länger sie sprach, desto verschwommener wurde ihre Gestalt. »Wenn der Moment eintritt, hängt jedenfalls viel von dir ab, im Guten wie im Bösen. Sei auf der Hut, Dana«, sagte sie noch einmal, bevor sie endgültig verschwand.

Jonás verharrte einen Moment auf den Zinnen und sah dem goldenen Drachen nach, bis er nur noch ein glänzender Punkt am blauen Himmel war. Der Magier seufzte. Nun war Dana fort und Kai mit ihr. Nun war er für den Turm verantwortlich.

In diesem Moment vermisste er Fenris. Der geheimnisvolle Elfenmagier, der bis zu Kais Rückkehr zehn Jahre lang Danas rechte Hand gewesen war, war erheblich älter als Jonás und viel besser geeignet, die Herrin zu vertreten. Doch als Kai in Drachengestalt wieder lebendig geworden war, hatte Fenris sich auf den Weg gemacht. Jonás hatte verstanden, dass er dem Rätsel seiner Zwitternatur auf den Grund gehen wollte, doch das hinderte weder ihn noch Dana daran, ihn zu vermissen.

Mit Fenris war allerdings auch Salamandra davongezogen. Jonás runzelte die Stirn. Salamandra und er hatten zusammen studiert und er hatte sich fast sofort in sie verliebt. Doch das impulsive Mädchen war immer von dem Elfenmagier fasziniert gewesen. Deshalb hatte sie sich irgendwann auf die Suche nach ihm gemacht.

Jonás schloss die Augen. Selbst nach so vielen Jahren schnürte ihm der Gedanke an Salamandra immer noch das Herz zusammen. Vor einem Jahr hatte er sich ins Elfenreich zu ihr aufgemacht …

Er schüttelte den Kopf. Er wollte nicht daran denken. Während er die hohe Wendeltreppe hinabstieg, beschloss er, in der Bibliothek vorbeizugehen. Vielleicht brauchte einer der Lehrlinge bei irgendeinem Zauber seine Hilfe. Das würde ihn vom Grübeln abhalten.

Die Tage vergingen wie im Flug und zu Jonás' Erleichterung gab es keine ernsten Vorfälle – außer einer Überschwemmung im fünften Stock sowie einer Pflanze, die im Studierzimmer eines Schülers der ersten Stufe unversehens wild vor sich hinwucherte. Nichts, das mit ein wenig Geduld nicht zu regeln gewesen wäre.

Keiner dieser Vorfälle hatte etwas mit Saevin zu tun. Jonás wusste nicht, ob er sich darüber freuen oder besorgt sein sollte. Er versuchte die Fortschritte des

Jungen im Auge zu behalten und alles schien zu dem zu passen, was Dana von diesen ›Auserwählten‹ erzählt hatte. Er kam bei seinem Studium nicht schneller voran als die anderen, und wenn sie es nicht selbst gesehen hätten, hätte niemand geglaubt, dass dieser Junge eine angeborene Macht über Dämonen haben sollte.

Dann war da noch etwas anderes, das Jonás Sorgen bereitete, und das trug einen weiblichen Namen. Iris. Die Kleine war nicht nur das jüngste Lehrmädchen im Turm, sondern auch das sensibelste. Zwar hatte es keiner der zukünftigen Magier im Leben leicht gehabt, bevor sie in den Turm gekommen waren, doch Iris war ein Extremfall. Sie war von klein auf von ihrer Familie misshandelt worden, die einfach nicht hatte begreifen können, was für magische Fähigkeiten in ihr schlummerten. Sie hatten Iris zu einer ganzen Reihe von Heilern gebracht, die gedacht hatten, die Kleine sei von einem teuflischen Wesen besessen. Einige der zahlreichen Austreibungsversuche, die Iris über sich hatte ergehen lassen müssen, waren sehr schmerzhaft gewesen. Iris hatte entsetzlich gelitten und tausend Ängste sowie einen Selbsthass entwickelt, weil ihre Angehörigen ein hassenswertes Wesen in ihr sahen. Zum Glück war dort irgendwann ein richtiger Magier vorbeigekommen und hatte das Mädchen aus ihrem düsteren, elenden Leben gerettet.

Im Turm war sie herzlich aufgenommen worden und hatte ihren alten Namen (ihre Mutter hatte sie ›Maldita‹, ›Verfluchte‹, genannt) gegen einen getauscht, der an etwas Schönes erinnerte. Im Turm hatte sie andere Menschen kennengelernt, die auch so waren wie sie, und allmählich entdeckte sie die gute Seite ihrer Begabung. Doch auch wenn Iris endlich ihren Platz auf der Welt gefunden hatte, spiegelte sich in ihren großen Augen nach wie vor Angst. Instinktiv verspürte man den Impuls, sie zu beschützen.

Und nun wich sie Saevin nicht von der Seite. Saevin, der seltsame Junge, der ein Held oder ein Bösewicht sein konnte.

Jonás wusste nicht, was er tun sollte. Seit Saevin den Dämon aus Iris' Zimmer vertrieben hatte, fühlte sie sich in seiner Schuld. Ihre Augen leuchteten vor Bewunderung, wenn sie ihn sah, und sie war dem Jungen immer auf den Fersen. Saevin lehnte sie nicht ab, wandte sich ihr jedoch auch nicht offen zu. Man konnte sagen, er nahm sie ganz einfach hin.

Jonás wusste, dass es bei Saevin keinen Mittelweg gab, denn er war nicht wie alle anderen. Er konnte Iris entweder ein für alle Mal von ihren Ängsten heilen oder sie zugrunde richten. Doch das würde Jonás erst herausfinden, wenn Dana vom Tempel ohne Namen zurückgekehrt war.

Als sie den Gipfel der Schicksalsberge erreicht hatten, stieg die Turmherrin vom Rücken des Drachen ab und hielt einen Moment inne, um die seltsame Landschaft zu ihren Füßen zu betrachten. Vor ihr breitete sich eine eisige, nebelverhangene Landschaft aus und dahinter waren die Überreste einer Stadt mit stolzen Gebäuden zu erahnen. Nun waren davon nur noch triste, mit Schnee und Eis bedeckte Ruinen übrig.

All diese Trümmer wurden von einem imposanten Gebäude überragt, dem der Zahn der Zeit offenbar nichts hatte anhaben können. Auf hohen, schlanken Säulen ruhte eine riesige Kuppel, die einem zum Firmament geöffneten Auge glich. Schon lange hatte die Welt die Stadt vergessen, die dort zu ihren Göttern gebetet hatte, und deshalb wurde dieses Gebäude ›Tempel ohne Namen‹ genannt. Er war der Zerstörung als Einziger entgangen. Das Orakel.

Dana erschauerte, auch wenn die eisige Kälte nicht den Wärmezauber durchdringen konnte, mit dem sie ihren Körper schützte. Sie wandte sich Kai zu. »Ab hier muss ich allein weiter.«

Der Drache senkte seinen riesigen Kopf zu ihr herab. Seine grünen Augen sahen sie liebevoll und zugleich besorgt an. »Bist du sicher, Dana? Was Aonia dir mitgeteilt hat, war alles andere als beruhigend.«

Dana sah ihm in die Augen. »Ich weiß. Aber ich glaube trotzdem, dass ich es tun muss.«

Kai widersprach ihr nicht. Er streckte sich auf dem Schnee aus und rollte sich zusammen, bereit, so lange wie nötig auf seine Gefährtin zu warten.

Nach kurzem Zögern betrat die Turmherrin die Ruinen der Geisterstadt. Sie wusste, was nun geschehen würde, und war vorbereitet. Hier waren Hunderte von Menschen geboren worden, hatten ihr Leben gelebt und waren irgendwann gestorben. Viele von ihnen waren noch mit diesen namenlosen Ruinen verbunden. Ihre Stimmen waren noch vernehmbar für die, die wie Dana eine Verbindung zu den Bewohnern des Jenseits hatten.

Sie versuchte, sie zu ignorieren. Manchmal sah sie zwischen den Ruinen Schatten, Geister, die dort herumstrichen, wo sie gelebt hatten, außerstande, ganz im Jenseits zu verweilen, ohne hin und wieder in die Stadt zurückzukehren und sich ihr vergangenes Leben ins Gedächtnis zu rufen. Dana hörte sie in einer unbekannten Sprache säuseln, sah ihre Gesichter flüchtig zwischen umgestürzten Säulen auftauchen und hielt sich immer wieder vor Augen, dass auf der ganzen Welt niemand außer ihr in der Lage war, diese Geister zu sehen und zu hören.

Schließlich erreichte sie die Stufen zum Tempel ohne Namen und stieg sie langsam hinauf. Als sie diesen jahrtausendealten Ort betrat, konnte sie einen Schauder nicht unterdrücken. Langsam schritt sie durch die Räume auf der Suche nach dem Orakel.

Sie fand es in einem kleinen, dunklen Saal. Es war nicht so, wie Dana es sich vorgestellt hatte. Es handelte sich um eine kleine, uralte Frau. Sie saß in einer Ecke auf zerschlissenen Decken und konnte sich kaum rühren. Sie schien einfach auf den Tod zu warten. »Orakel«, wisperte Dana.

»Ah«, sagte die alte Frau und blickte zu ihr auf. »Jetzt bist du also da.«

Die Turmherrin setzte sich vor das Orakel. »Jetzt bin ich da«, bestätigte Dana. Sie wagte kaum zu atmen. »Ich bin gekommen, um dich zu fragen …«

»Du bist gekommen, um mich nach dem Moment zu fragen. Du bist nicht die Erste und wirst auch nicht die Letzte sein. Ja, der Moment wird bald eintreten. Weißt du, was das bedeutet?«

»Dass die Grenze zwischen Leben und Tod möglicherweise verschwindet.«

»Dass ich endlich sterben kann.«

Dana sah sie verständnislos an.

»Für meine Hellsichtigkeit wurde mir meine wertvollste Gabe genommen«, erklärte das Orakel. »Die Sterblichkeit.«

»Ich … verstehe nicht …«

»Du verstehst es nicht, weil die Menschen immer nach Unsterblichkeit gestrebt haben und die Toten wieder lebendig werden wollten. Du verstehst nicht, dass alles seine Zeit und sein Alter hat und dass das Leben zwar etwas Wunderbares ist, aber auch der Tod für jedes Geschöpf notwendig ist. Ich bin unsterblich und bin es seit vielen Jahrhunderten leid. Aber von allen Sterblichen solltest gerade du mich besser als jeder andere verstehen.«

Dana wusste, worauf das Orakel mit seinen letzten Worten anspielte. Sie wusste, dass es recht hatte. »Dann hoffe ich, dass dein Wunsch in Erfüllung geht, wenn der Moment eintritt, Orakel«, erwiderte sie betroffen. »Aber heute wage ich, dich zu bitten, mir zu helfen, mit deiner Hellsichtigkeit die Antworten auf die Fragen in meiner Seele zu finden.«

Die alte Frau blieb einen Moment stumm und sagte dann nur: »Sprich.«

»Ich habe einen Auserwählten im Turm, der Zauberschule, die ich als Herrin und Meisterin leite. Er heißt Saevin. Sag mir, was bringt uns seine Ankunft? Viel Gutes oder große Katastrophen?«

»Turmherrin«, antwortete das Orakel mit einem müden Lachen, »du begehst einen Fehler, wenn du dein Schicksal von einer einzigen Person abhängig machst. Du sollst wissen, dass ihr alle betroffen seid. Der Turm wird Schauplatz wichtiger Ereignisse sein, wenn der Moment kommt.«

Dana erwiderte nichts, aber ihr war angst und bange geworden.

»Der Turm stellt für viele Menschen ein Bindeglied dar. Wenn der Moment da ist, werden sich elf von ihnen dort befinden. Hör gut zu, Turmherrin. Hör zu und präg dir meine Worte ein.«

Dana nickte und konzentrierte sich. Ihr Herz klopfte laut.

»Zehn lebende Wesen und ein totes«, fuhr das Orakel fort. »Diese elf werden das Schicksal der Welt der Lebenden und des Totenreichs bestimmen. Diese elf werden sich im Turm befinden, wenn beide Dimensionen sich so weit annähern, dass sie miteinander verschmelzen könnten. Einer von ihnen wird verraten werden. Einer wird vom Bösen in Versuchung geführt werden. Einer wird sich auf eine gefährliche Reise begeben, vielleicht ohne Wiederkehr. Einer wird in seinem eigenen Feuer verbrennen. Einer wird den Ruf der Toten vernehmen. Wenn der Moment eintritt, wird einer die Tür öffnen. Der Jüngste wird seine Lebensenergie opfern. Einer wird seinen wahren Körper zurückbekommen. Einer wird seine Rache erfüllt sehen. Einer wird unter entsetzlichen Qualen sterben. Und all dies, Turmherrin, damit der Letzte durch die Tür geht und die Unsterblichkeit erlangt. Elf sind es und diese elf werden in ihr Unglück rennen oder in die Geschichte eingehen.«

Die Stimme des Orakels verstummte. Dana zitterte heftig. »Orakel!«, flüsterte sie. »Kannst mir nicht noch mehr sagen?«

»Eine einzige Frage, Turmherrin«, lautete die Antwort. »Es ist nicht gut, die Zukunft in allen Einzelheiten zu kennen.«

Dana schwieg einen Moment. Sie hatte viele Fragen an die hellsichtige alte Frau, aber sie musste sich entscheiden. Die Wahl fiel ihr nicht leicht. »Sag mir«, bat sie schließlich, »wer unter entsetzlichen Qualen sterben wird.«

»Der, der die Stimme der Wölfe hört, Turmherrin.«

Diese Antwort war nicht besonders klar, aber Dana benötigte keine weiteren Einzelheiten. »Fenris!«, flüsterte sie totenbleich.

»Geh jetzt«, sagte das Orakel. »Geh, denn du hast noch viel zu tun. Die Zeit läuft und der Moment naht.«

Noch zitternd sprang die Erzmagierin auf. Bevor sie davonging, wandte sie sich jedoch noch einmal dem Orakel zu. »Komm mit mir«, sagte sie. »Ich bringe dich weit weg von diesem trostlosen Ort.«

Doch das Orakel schüttelte den Kopf. »Die Menschen hassen und fürchten diejenigen, die wie ich sind. Nur in diesem entlegenen Winkel der Welt kann ich den Frieden finden, den meine müde Seele braucht. Geh, Turmherrin. Geh und lass mich allein.«

Dana ließ es dabei bewenden. Sie verließ den Tempel ohne Namen und lief durch die Straßen der Vergessenen Stadt auf der Suche nach Kai, um so rasch wie möglich in den Turm zurückzukehren, während in ihrem Kopf die schreckliche Prophezeiung des Orakels widerhallte:

Einer von ihnen wird verraten werden. Einer wird vom Bösen in Versuchung geführt werden. Einer wird sich auf eine gefährliche Reise begeben, vielleicht ohne Wiederkehr. Einer wird in seinem eigenen Feuer verbrennen. Einer wird den Ruf der Toten vernehmen. Wenn der Moment eintritt, wird einer die Tür öffnen. Der Jüngste wird seine Lebensenergie opfern. Einer wird seinen wahren Körper zurückbekommen. Einer wird seine Rache erfüllt sehen. Einer wird unter entsetzlichen Qualen sterben. Und all dies, damit der Letzte durch die Tür geht und die Unsterblichkeit erlangt. Elf sind es und diese elf werden in ihr Unglück rennen oder in die Geschichte eingehen.

3

Sein wahrer Körper

Jonás räusperte sich leise. Die Turmherrin tauchte aus ihren Gedanken auf und warf ihm einen besorgten, fragenden Blick zu. »Alles wurde ausgeführt, wie du befohlen hast, Meisterin«, erklärte der junge Magier. »Alle Lehrlinge packen ihre Sachen zusammen und bereiten sich auf die Abreise vor. Die Elfenschüler werden in der Schule im Goldwald aufgenommen. Die menschlichen Lehrlinge suchen Zuflucht in der Schule am Mondsee. Und die Lehrlinge von … ähm, von exotischerer Abstammung, um es so auszudrücken, werden zwischen beiden aufgeteilt. Alle werden gehen. Alle außer Saevin.«

Dana nickte langsam, ohne ein Wort zu sagen. Jonás wollte sich schon umdrehen und davongehen. Er hielt jedoch einen Moment inne und sah die Turmherrin noch einmal an: »Offenbar handelt es sich um etwas sehr Ernstes. Ich weiß, ich bin nicht so weise und mächtig wie du und habe es nicht verdient, die Offenbarungen des Orakels zu erfahren, aber …«

Dana brachte ihn mit einem leisen Lächeln zum Schweigen. »Natürlich hast du es verdient, Jonás. Es ist bloß so, dass es schreckliche Dinge angekündigt hat und seine Worte schwer zu enträtseln sind.«

Jonás machte einen Schritt auf sie zu. »Ich würde diese Last gern mit dir teilen, Dana. Du hast angeordnet, dass alle den Turm verlassen sollen, alle außer Saevin, aber ich werde nicht gehen, das weißt du. Nicht wenn ich weiß, dass Kai und du vielleicht in Gefahr seid.«

Dana schwieg, während sie Jonás ernst musterte und zu entscheiden versuchte, ob sie es ihm sagen sollte oder nicht. »Gut«, sagte sie schließlich. »Hör mir genau zu, denn es ist wichtig, aber zieh keine voreiligen Schlüsse, einverstanden?«

Jonás nickte. Dana berichtete ihm von ihrem Besuch im Tempel ohne Namen und wiederholte die Prophezeiung des Orakels, so wie sie sie vernommen hatte. Als sie fertig war, war Jonás blass und zitterte.

»Das Orakel sprach von elf Personen«, sagte Dana abschließend. »Einige werden sterben. Ich darf auf keinen Fall das Leben der Lehrlinge aufs Spiel setzen, deshalb habe ich den Turm räumen lassen und deshalb bin ich der Meinung, dass du auch gehen solltest. Ich werde nicht den gleichen Fehler begehen wie vor fünf Jahren. Diesmal werde ich nicht zulassen, dass auch nur ein einziger Lehrling meinetwegen in Gefahr gerät.«

Es trat bedrücktes Schweigen ein. Jonás gab sich

alle Mühe, die Flut von Gedanken im Zaum zu halten, die ihm durch den Kopf schossen. Schließlich stieß er leise hervor: »Kann man die Zukunft ändern, Meisterin?«

»Das weiß ich nicht«, antwortete Dana. »Ich denke, dass wir alle frei sind und damit voll verantwortlich für unsere Handlungen, mit denen wir unserem Leben die Richtung geben, die uns vorschwebt.«

Ein wenig beruhigt nickte Jonás. »Genau das wollte ich hören.«

»Davon bin ich überzeugt. Deshalb habe ich den Turm räumen lassen.«

Jonás wollte etwas erwidern, überlegte es sich dann jedoch anders. Dana bemerkte seine Unschlüssigkeit. »Um wen hast du Angst, Jonás?«, fragte sie, obwohl sie die Antwort bereits kannte.

»Um …« Er zögerte. »Um Salamandra, Meisterin. Die Prophezeiung besagt, dass ›einer in seinem eigenen Feuer verbrennen wird‹. Du weißt ja, dass Salamandra …«

»Ja, ich weiß. Aber sie ist weit weg und nichts deutet darauf hin, dass sie genau dann in den Turm zurückkehren wird, wenn der Moment eintritt. Sie ist ja schon länger fort.«

Jonás holte tief Luft. »Trotzdem würde ich gern zu ihr und ihr sagen …«

Er sprach den Satz nicht zu Ende, aber die Turmherrin nickte. Sie wusste, dass Jonás Angst um Salamandra hatte, aber ihr war auch klar, dass er nur auf diese Gelegenheit gewartet hatte – die Gelegenheit, die eine neue Begegnung zwischen ihnen rechtfertigte. »Ich kann dich nicht daran hindern zu gehen, du bist ja schließlich kein Lehrling mehr, sondern ein ausgebildeter Magier«, erwiderte sie sanft. »Aber dir muss klar sein: Wenn du ihr alles erzählst, was geschehen wird, lieferst du ihr einen Grund, in den Turm zurückzukehren. Hast du das bedacht?«

»Ja. Aber wenn wir, wie du sagst, selbst für unser Schicksal verantwortlich sind, können wir nicht tatenlos zusehen, wie eine Prophezeiung in Erfüllung geht, die unseren Untergang ankündigt.« Da Dana nichts erwiderte, fügte Jonás schnell hinzu: »Ich beeile mich. Sobald ich mit ihr gesprochen habe, kehre ich in den Turm zurück und werde hier bei dir sein, wenn der Moment eintritt.«

Dana verharrte eine ganze Weile stumm und Jonás dachte schon, sie missbillige seine Entscheidung. Doch schließlich sagte sie: »Viel Glück, Jonás.«

Der junge Mann nickte. »Danke, Meisterin.«

»Ach, und … ich sage es dir nicht gern, aber du weißt, wenn du Salamandra findest, ist wahrscheinlich Fenris bei ihr.«

Jonás' Miene verdüsterte sich. »Ja. Ich weiß.«

»Wenn das so ist, vergiss nicht, ihm von der Prophezeiung zu erzählen. Das Orakel hat ihm ebenfalls einen schrecklichen Tod vorhergesagt.«

In Danas Gesicht spiegelte sich tiefe Besorgnis und Jonás begriff, warum sie sich seiner Reise nicht stärker widersetzte: Sie hatte ebenfalls Angst um einen lieben Freund, und unter solchen Umständen war es schwer, einen kühlen Kopf zu bewahren.

»Keine Bange, ich werde es ihm sagen«, erwiderte Jonás.

Iris war dabei, ihre wenigen Habseligkeiten zusammenzupacken: das Buch der Erde, das Buch der Luft, ihre zweite Tunika, ihre Säckchen voller Grundzutaten und einige Pergamente mit komplizierteren Zaubern, die sie sich in der Bibliothek herausgeschrieben hatte. Dabei schnürte es ihr das Herz zusammen. Sie wollte den Turm nicht verlassen, und schon gar nicht ohne zu wissen, wann sie würde zurückkehren können. Angeblich wurden sie fortgeschickt, weil eine ernste Gefahr die Sicherheit der Schule bedrohte. Aber davor hatte Iris keine Angst. Ihr konnte nichts geschehen, solange sie sich unter einem Dach mit Dana befand, da war sie sich sicher. Was sie in der Schule am Mondsee erwartete, wusste sie hingegen nicht und wollte es auch gar nicht wissen. Sicher, ihre Gefährten würden sie begleiten, aber obwohl sie immer gut zu ihr gewesen waren, fiel es Iris schwer, Vertrauen zu anderen zu fassen. Nur bei Saevin war es anders. Sie hätte nicht sagen können, warum, aber es war so. Zumindest würde er in der Schule am Mondsee bei ihr sein …

Als sie an Saevin dachte, fiel ihr auf, dass sie ihn seit dem Mittagessen nicht mehr gesehen hatte. Sie wollte kurz nachsehen, wie weit er mit dem Packen war. Für ihn musste es ziemlich verwirrend sein, nach so kurzer Zeit schon auf eine andere Schule geschickt zu werden, wo seit seiner Ankunft im Turm doch noch keine Woche vergangen war.

Kurz darauf stand sie vor seiner Tür und klopfte schüchtern an. Wenige Sekunden später öffnete sich die Tür und Saevin tauchte mit seiner üblichen, unerschütterlichen Miene auf.

»Hallo, wie kommst du mit dem Packen klar? Soll ich dir helfen?«

»Nein, vielen Dank«, antwortete er, aber Iris hatte bereits einen Blick in sein Zimmer geworfen.

»Hör mal, du hast ja noch gar nicht angefangen! Wenn du dich nicht beeilst, brechen sie ohne dich auf, weißt du?«

Saevin erwiderte nichts. Ein wenig verlegen verabschiedete Iris sich und ging. Auf dem Flur begegnete sie zwei Lehrlingen der dritten Stufe, die zur Bibliothek hinuntergingen. Keiner von ihnen schien ihre Anwesenheit zu bemerken, etwas, woran sie schon gewöhnt war. Unwillkürlich schnappte sie einen Gesprächsfetzen auf.

»... der Neue, der Junge, der nie mit jemandem redet ...«

»Stimmt es, dass er als Einziger hierbleibt?«

»Das hat die Meisterin zu ihm gesagt. Kannst du das glauben?«

Nein, das konnte Iris nicht glauben. Zutiefst verstört über das, was sie gerade gehört hatte, drückte sie sich in eine Ecke, bis die Jungs davongegangen waren. Saevin würde im Turm bleiben. Und sie würde an einen fremden Ort geschickt werden, ganz allein.

Jonás war bereits in seinem Zimmer und packte seinen Rucksack. Dabei musste er unablässig an Salamandra und seine letzte Begegnung mit ihr denken.

Salamandra war nach ihm in den Turm gekommen, aber er war seine Studien sehr ruhig angegangen und sie hatte ihn schließlich überholt. Sie hatte sich ein Jahr vor ihm für die Feuerprobe angemeldet und sie mit Bravour bestanden – aber sie hatte natürlich einen Vorsprung gehabt.

Die Kontrolle über das Feuer war Salamandra angeboren. Sie rief es herbei, gab ihm eine Gestalt, spielte damit, als wäre es völlig harmlos, konnte es aus dem Nichts erschaffen und gegen jeden richten, der ihr Schaden zufügen wollte. Bei ihrer Ankunft im Turm war sie voller Fragen über diese Fähigkeit gewesen und beim Abschluss ihrer Lehrzeit konnte sie perfekt damit umgehen. Üblicherweise umfasste die Vorbereitung auf die Feuerprobe zwei Jahre. Jonás hatte vier gebraucht. Salamandra hatte sie nach einem Jahr abgelegt.

Danach war sie durch nichts mehr zu bremsen gewesen. Sie verließ den Turm und hatte sich bald einem Trupp von Abenteurern angeschlossen. Schon wenige Monate später waren ihre Heldentaten in aller

Munde und ihr Name hatte in den sieben Reichen Furcht und Bewunderung ausgelöst. Sie bekam den Beinamen ›die Feuertänzerin‹.

Immer wieder hatte Jonás sich gefragt, ob die Tatsache, dass er erst nach ihr mit der Ausbildung fertig geworden war, sie dazu gebracht hatte, den Turm zu verlassen und ihre Beziehung zu beenden, eine schwankende, ungewisse, jedoch sehr liebevolle Beziehung.

Deshalb hatte Jonás sich auf die Suche nach ihr begeben, sobald er die Feuerprobe bestanden hatte. Er hatte sie im Elfenreich ausfindig gemacht und sie hatten sich ausgesprochen. Jonás hatte ihr gestanden, dass er sie noch liebte, was er im Nachhinein heftig bereute.

Salamandra war von der Elfenkönigin herbeigerufen worden, damit sie und ihr Trupp sie vor gefährlichen Meuchelmördern schützten. Als Gegenleistung für ihre Dienste hatte die Königin Salamandra versprochen, ihr bei der Suche nach Fenris zu helfen. Immer dieser Fenris. Jonás schloss gekränkt die Augen. Er schätzte Fenris, sie waren befreundet und der Elf war sein Meister gewesen. Aber er konnte nicht verstehen, warum Salamandra ihr Herz an jemanden hing, der zwar immer noch jung aussah, jedoch schon mehr als zweihundert Jahre alt war und wahrscheinlich noch weitere fünfhundert Jahre leben würde.

Jonás schüttelte den Kopf und schloss seinen Rucksack. Seine jetzige Aufgabe war es, die Lehrlinge in die Schule im Goldwald zu begleiten. Dana und er würden einen großen magischen Korridor zwischen beiden Schulen einrichten, um alle Lehrlinge auf einmal teletransportieren zu können. Dann würde er ja sehen, ob Salamandra noch dort im Elfenreich war. Andernfalls konnte ihm die Elfenkönigin vielleicht einen Hinweis geben. Er durfte nicht zulassen, dass diese Prophezeiung in Erfüllung ging. Vor allem, wenn Salamandras Leben in Gefahr war.

Die Lehrlinge brachen auf und im Turm wurde es still und spürbar kühler. Während Dana die steile Wendeltreppe hinabstieg, musste sie an alte Zeiten denken, als in diesem riesigen Gebäude nur vier Menschen gelebt hatten. Damals war sie noch keine Magierin gewesen, sondern ein kleines Lehrmädchen, das ihr Zuhause und ihre Familie verlassen hatte, um ihrem Meister zu folgen. Seither hatte sich viel verändert, aber die Turmherrin hatte es nicht vergessen.

In diesem Moment steuerte sie auf Saevins Zimmer zu. Sie wollte wissen, ob es dem Jungen gut ging. Das vermutete sie und genau das machte ihr Sorgen. Als sie ihm eröffnet hatte, dass er nicht mit den anderen gehen würde, hatte er keinen Ton gesagt. Er hatte nur wortlos genickt.

Sie blieb stehen, als sie in einer dunklen Ecke etwas Goldenes aufblitzen sah. Sie ging näher. Das Wesen, das auf sie wartete, machte einen Schritt ins Licht. Es war eine Elfe von betörender Schönheit, die eine goldene Tunika trug. Ihre Augen wirkten hingegen hart und kalt und ihre Gestalt war durchscheinend, körperlos, unwirklich. Danas Gesicht verdüsterte sich. Ausgerechnet in diesen schwierigen Stunden bekam sie erneut Besuch aus dem Jenseits. »Shi-Mae«, sagte sie.

»Du erinnerst dich noch an mich«, stellte diese fest.

»Ich könnte dich nie vergessen«, versetzte die Turmherrin. Sie lächelte nicht. »Wie ist es deinem Geist gelungen, dem Schattenlabyrinth zu entfliehen?«

»Als ihr entkommen seid, habe ich mich euch angeschlossen. Du warst die Einzige, die mich hätte sehen können, aber du warst zu aufgeregt.«

»Was willst du jetzt?«

»Dir einen Waffenstillstand vorschlagen, Dana.«

»Ich will keine Abmachungen mit dir.«

»Komm, sei vernünftig. Was kann ich dir denn noch anhaben? Du bist am Leben und ich bin tot.«

»Ich wette, diese Situation würdest du liebend gern ins Gegenteil verkehren.«

Aber Shi-Mae schüttelte den Kopf. »Unter diesen neuen Umständen muss ich meine alten Bestrebungen aufgeben, Dana. Nichts von dem, was ich damals wollte, kann ich jetzt noch bekommen, und deshalb habe ich nichts mehr gegen dich.«

Dana sah sie nach wie vor misstrauisch an. »Aber gegen Fenris hast du immer noch einiges, oder täusche ich mich?«

Shi-Maes gespenstisches Gesicht schien für einen kurzen Moment weicher zu werden. Doch es gewann so schnell seine übliche Härte zurück, dass Dana sich fragte, ob sie es sich nicht nur eingebildet hatte. »Ich bin tot«, antwortete sie ein wenig ungeduldig. »Ich hatte Zeit, um über alles nachzudenken, was geschehen ist, und ich versichere dir, mein Groll gegen ihn ist mit meinem Körper gestorben.«

Sie wirkte aufrichtig. »Was willst du denn dann?«, fragte Dana.

»Das habe ich doch schon gesagt: dir einen Pakt vorschlagen. Einen Pakt zur gegenseitigen Unterstützung ...«

»Ja, die waren schon immer deine Spezialität«, bestätigte Dana. »Was verlangst du?«

»Frag zuerst, was ich dir anbiete. Du erinnerst dich an die Prophezeiung, stimmt's? ›Einer wird seinen wahren Körper zurückbekommen‹ ... Ich nehme an, du hast das Gleiche gedacht wie alle: dass damit Kai gemeint ist.«

Danas Herz schlug ein wenig schneller, aber ihre Miene war nach wie vor undurchdringlich.

»Nach all diesen Jahren ist es dir endlich gelungen, Kais Geist in einen lebendigen Körper zu verpflanzen, einen Drachenkörper«, fuhr Shi-Mae fort. Dana verriet ihr nicht, dass Kais Reinkarnation in Wirklichkeit nicht ihr Werk gewesen war. Die Besucherin aus dem Jenseits sprach weiter: »Aber seither versuchst du, ihm seinen wahren Körper zurückzugeben. Gut, Turmherrin, hier mein Vorschlag: Ich liefere dir den Zauber, den du suchst. Ich biete dir die Lösung für Kais Problem an, das heißt, seinen Körper wieder zum Leben zu erwecken und zu bewirken, dass die Prophezeiung in Erfüllung geht.«

Dana wurde schlagartig blass. »Das ... ist nicht möglich ...«

Shi-Mae lachte sanft. »Wir Toten wissen mehr als ihr Lebenden, Dana. Es ist sehr wohl möglich, das kannst du mir glauben.«

»Und als Gegenleistung soll ich dich auch wieder zum Leben erwecken«, unterbrach Dana sie kaltschnäuzig.

»Das wäre nicht machbar, denn mein Körper ist im Schattenlabyrinth geblieben und hat sich in den Dunstschwaden dort wahrscheinlich aufgelöst. Also ist er unwiederbringlich verloren.«

»Was willst du dann von mir?«

»Nur eins: Binde mich an dich.«

»Was?« Dana wich instinktiv zurück.

»Du weißt ganz genau, was das bedeutet. Als Geist kann ich der Welt der Lebenden nur kurze Besuche abstatten. Wenn du mich mit einem Zauber an dich binden würdest, könnte ich in deiner Dimension bleiben, wobei ich dir dann natürlich auf Schritt und Tritt folgen müsste.«

»Die Aussicht finde ich nicht besonders verlockend ...«

Shi-Mae lächelte. »Das überrascht mich nicht. Aber

denk daran, was ich dir als Gegenleistung anbiete: Kai und du endlich zusammen, beide als Menschen …«

Dana wich noch weiter zurück. Sie zitterte heftig. »Ich will dir nicht länger zuhören.« Sie drehte sich um und eilte die Treppe hinab, ohne zurückzublicken, fort von Shi-Maes Geist, der mit einem kalten Lächeln auf den Lippen zurückblieb.

Das Schloss der Elfenkönigin lag mitten im Goldwald, relativ nah an der Zauberschule, zu der die Elfenlehrlinge des Turms im Tal der Wölfe geschickt worden waren.

Während Jonás durch die langen, eleganten Flure schritt, die mit den erlesensten elfischen Möbeln eingerichtet waren, fragte er sich immer wieder, ob er das Richtige tat. Er hatte Danas Bedenken noch im Ohr: Salamandra vor den Ereignissen zu warnen würde sie möglicherweise gerade dazu bringen, im entscheidenden Moment ins Tal der Wölfe zurückzukehren. Aber was war, wenn sie sowieso zurückkommen wollte? Die Prophezeiung bezog sich auf sie, da gab es keinen Zweifel. War es dann falsch, wenn sie zu verhindern versuchten, dass sie in Erfüllung ging?

Jonás schob all diese Fragen beiseite, als er vor der mit goldenen Reliefs verzierten Tür des großen Thronsaals stand. Die elfischen Wachen wussten über sein Kommen offenbar bereits Bescheid, denn sie öffneten ihm wortlos.

Der junge Magier richtete seinen Blick auf den

Thron, doch der war leer. Er entdeckte die Königin an einem der großen Fenster, die auf den Goldwald hinausgingen. Er räusperte sich leise, verunsichert, wie er sie ansprechen sollte. Die Elfenherrscherin drehte sich um.

Nawin.

So hieß die stolze, eingebildete Elfenprinzessin, die vor fünf Jahren in Begleitung der mächtigen Erzmagierin Shi-Mae in den Turm gekommen war. Später war Nawin ihre Mitschülerin geworden und hatte allerlei Abenteuer mit ihnen bestanden, bis der mysteriöse Tod ihres Onkels sie zur Rückkehr ins Elfenreich gezwungen hatte. Damals hatte sie die Herrschaft über ein Land übernommen, das sich im Aufruhr befand: Der Adel hatte sich in verschiedene Lager gespalten, die alle um die Macht kämpften.

Nawin sah noch genauso aus, wie Jonás sie in Erinnerung hatte: feines, glattes Haar, mandelförmige Augen mit Pupillen von einem unglaublichen Grün, wie von gefärbtem Glas, spitz zulaufende Ohren und eine fast übernatürliche Schönheit, so wie bei allen Elfen. Aber vor allem dieses kindliche Gesicht. Man hätte sie auf zwölf geschätzt, dabei hatte sie sicherlich schon hundert Jahre Leben hinter sich.

Ihre Blicke trafen sich und Jonás stellte fest, dass zumindest Nawins Augen nicht wie die eines Mädchens wirkten, sondern wie die einer Frau, die viel mitgemacht hatte. Er fand es ungeheuerlich, jemand so Jungen zum Herrscher über das Elfenreich zu krönen, wo doch bekannt war, dass viele Adlige diesen aus dem Weg schaffen wollten.

Plötzlich wusste Jonás genau, wie er sie ansprechen musste. »Hallo Nawin«, sagte er mit einem breiten Lächeln.

»Hallo Jonás«, erwiderte sie ganz einfach und lächelte ebenfalls.

Die Turmherrin setzte sich neben dem Drachen auf den Boden, lehnte sich an seine geschuppte Brust und stieß einen tiefen Seufzer aus.

»Du wirkst müde«, sagte Kai. Er lag im Garten an der Stelle, wo er sich zum Schlafen auszustrecken pflegte, unter einem Holzdach, das sie vor fünf Jahren angebracht hatten, als sein Geist sich in diesem Drachenkörper reinkarniert hatte. Dort lag natürlich kein Schnee – sein Feueratem brachte ihn sofort zum Schmelzen –, aber es wuchs auch nichts, und das bedauerte er zutiefst, denn er liebte das Leben in all seinen Formen.

»Ja, ich bin müde«, erwiderte Dana, fügte jedoch nichts weiter hinzu.

Kai ließ einen Flügel sinken, um die Turmherrin sanft zuzudecken. Über ihnen funkelten die Sterne. »Was bedrückt dich denn?«

Dana lächelte. »Du kennst mich einfach zu gut, als dass ich dir etwas verheimlichen könnte.« Sie schüttelte leicht den Kopf. »Es ist wegen der Prophezeiung. Da ist …« Sie zögerte. »Da ist ein Teil, der sich auf dich bezieht: ›Einer wird seinen wahren Körper zurückbekommen.‹ Und ich …«

»Ich verstehe. Du fühlst dich hin- und hergerissen, hab ich recht? Einerseits möchtest du, dass dieser Teil in Erfüllung geht, aber das würde bedeuten …«

»… dass auch alle anderen Vorhersagen in Erfüllung gehen könnten.« Dana lief ein Schauder über den Rücken. »Und das will ich nicht zulassen, Kai.«

»So etwas höre ich gern, Dana.«

Sie sah ihn an. »Im Ernst? Würdest du mir nicht vorwerfen, eine einmalige Gelegenheit zu verpassen?«

»Wenn dafür andere sterben müssen? Fenris oder Salamandra zum Beispiel, sollte sich die Prophezeiung tatsächlich auf sie beziehen.« Kai warf ihr einen missbilligenden Blick zu. »Also wirklich, Dana. Du kennst mich doch. Ich sehne mich danach, mit dir zusammen zu sein, aber nicht um diesen Preis. Er ist zu hoch.«

Dana kuschelte sich noch dichter an ihn. Eine ganze Weile sagte keiner von beiden etwas.

»Außerdem könntest du mir meinen Körper gar nicht zurückgeben, selbst wenn du wolltest …«, bemerkte er irgendwann. Dana erwiderte nichts. Der Drache richtete seine smaragdgrünen Augen auf sie und stellte fest, dass die Turmherrin eingeschlafen war.

Es war bereits stockdunkel, als Nawin und Jonás alle alten Geschichten hervorgekramt hatten, die ihnen einfielen. Sie wussten beide, dass sie nur in Erinnerungen schwelgten, um nicht an die Bedrohung denken zu müssen, die über ihnen schwebte.

Jonás hatte der Elfenkönigin von der Prophezeiung erzählt. »Elf Personen!«, hatte sie verstört gerufen. »Und ihr habt keine Ahnung, wer diese elf sind?«

»Nein, aber nichts deutet darauf hin, dass du dabei bist ... Oder kam dir irgendetwas an den Worten des Orakels bekannt vor?«

Nawin antwortete nicht gleich. Sie knabberte nachdenklich an ihrer Unterlippe, während sie ihre großen mandelförmigen Augen zusammenkniff und sich fragte, ob sie ihm vertrauen konnte. »Ich zweifle schon seit einiger Zeit an der Treue einiger meiner Mitarbeiter«, gestand sie schließlich.

»›Einer von ihnen wird verraten werden‹!«, sagte Jonás überrascht. »Aber ... dem Orakel zufolge soll all das im Turm passieren, wenn der Moment eintritt. Hier bist du nicht in Gefahr, zumindest was die Prophezeiung angeht, verstehst du?«

Nawin lächelte schwach. »Hört sich einfach an, aber ganz so ist es nicht. Wenn hier im Königreich ein Aufstand ausbricht, müsste ich im Turm Zuflucht suchen.« Die Elfenkönigin warf Jonás einen überaus ernsten Blick zu. »Ihr seid meine einzigen Freunde, verstehst du, Jonás?«

Er hatte sie zu beruhigen versucht, und deshalb waren sie auf die alten Zeiten zu sprechen gekommen. Doch nun war die Nacht über das Elfenreich hereingebrochen und Jonás brauchte Antworten.

»Salamandra ist vor ein paar Wochen mit ihrem Trupp aufgebrochen«, erklärte Nawin, »sobald wir alle Mörder aufgespürt und festgenommen hatten, die meine Feinde auf mich angesetzt hatten.« Sie sprach darüber kühl und leidenschaftslos und Jonás bekam unwillkürlich eine Gänsehaut. »Ich habe sie in den Norden geschickt. Fenris hat die Grenzen meines Reichs überschritten und ich weiß nicht, wo er jetzt sein könnte. Aber wenn sie seiner Spur nachgehen, finden sie ihn, da habe ich gar keinen Zweifel.«

»Aber ich habe nicht wochenlang Zeit, um sie zu suchen«, erwiderte Jonás niedergeschlagen.

Nawin warf ihm einen kurzen Blick zu. »Ich denke, du wirst sie trotzdem einholen können, wenn ich dir ein Zauberpferd zur Verfügung stelle. Auf ihm werden Wochen zu Tagen und Tage zu Stunden.«

Jonás fiel ein, dass Nawin das vielversprechendste Lehrmädchen gewesen war, das jemals den Turm betreten hatte. »Danke«, sagte er lächelnd.

»Keine Ursache. Das bin ich dir schuldig. Aber hör mir gut zu, Jonás, ich gebe dir den gleichen Rat wie Salamandra, bevor sie aufgebrochen ist: Denk nicht, Fenris sei noch der Elf, den du einmal gekannt hast. Er hat sich ziemlich verändert. Vergiss das nicht, Jonás.«

4

Salamandra

Das Mädchen schrie vor Entsetzen. Sie war von wild prasselnden Flammen umringt. Der Rauch fraß sich in ihre Lunge und brachte sie zum Husten. Das Feuer erfasste ihre Kleider und versengte ihre Haut und sie wusste, dass sie jeden Moment sterben würde …

Salamandra wachte zitternd auf und stöhnte. Die feuchte Nachtluft kühlte ihr beruhigend die Haut. Sie atmete tief durch, während ihr Herz wieder in seinen normalen Rhythmus zurückfand. Sie strich sich über ihr langes, rotes Haar und seufzte gereizt. Schon wieder dieser verflixte Traum. Es war absurd, dass sie immer noch von Albträumen geplagt wurde, in denen sie den Flammen zum Opfer fiel. Es war absurd, denn das Feuer konnte ihr nichts anhaben. Und zwar nicht nur, weil sie eine Magierin war, die die Feuerprobe bestanden hatte.

Sie *war* das Feuer.

Ein wenig ruhiger sah sie sich um. Sie befand sich auf einer Waldlichtung. Nicht weit entfernt schliefen ihre Gefährten bis auf den, der mit der Wache an der Reihe war. Sie suchte den Himmel ab und aus dem Stand der Sterne schloss sie, dass sie noch ein bisschen Zeit hatte bis zur Ablösung. Allerdings war sie hellwach und hatte keine Lust weiterzuschlafen.

Sie räkelte sich wie eine Katze, hüllte sich in ihren Umhang und stand auf. Sie war die einzige Frau im Trupp, aber alle respektierten sie und fürchteten sie sogar. Salamandra war keine gewöhnliche Magierin: Sie war die Feuertänzerin und hatte Macht, große Macht. Außerdem war sie unbändig, risikofreudig, waghalsig und unerbittlich. Sie war die geborene Abenteurerin und liebte dieses Leben, sogar mehr als ihre Lehrzeit im Turm.

In sich hineinlächelnd ging Salamandra zum Lagerfeuer und setzte sich neben die Wache, einen großen, kräftigen Mann. »Hallo, Bär.«

»Hallo, Salamandra«, erwiderte er. »Warum bist du denn schon wach? Du brauchst mich noch nicht abzulösen.«

»Ich weiß, aber ich bin nicht müde.«

Bär erwiderte nichts. Beide schwiegen einen Moment lang und starrten in die Flammen, bis er fragte: »Hinter was sind wir eigentlich genau her?« Er hatte sich schon gedacht, dass er keine Antwort bekommen würde. »Die Jungs zweifeln allmählich, ob es eine gute Idee war, Salamandra«, fügte er hinzu.

»Ich habe niemanden gezwungen, sich mir anzuschließen«, konterte sie. »Wenn ihr denkt, ihr bekommt so eine Belohnung wie die von der Elfenkönigin, könnt ihr kehrtmachen und dorthin gehen, wo ihr hergekommen seid.«

»Aber eine Belohnung gibt es doch, oder?«, hakte Bär nach. »So ein großes Tier kann sich nirgends aufhalten, ohne eine Spur der Verwüstung zu hinterlassen. Irgendjemand hat bestimmt einen Preis ausgesetzt …«

»Sei still!«, schrie Salamandra. Sie war aufgesprungen. Ihre Augen sprühten Funken und ihre rote Mähne leuchtete im Schein des Feuers wie eine Flammenkrone. »Wir sind nicht auf der Jagd. Das habe ich euch schon x-mal gesagt. Und es gibt keine Belohnung. Ihr könnt mir aus Freundschaft folgen oder zum Lohn dafür, dass ich euch den besten Job eures Lebens besorgt habe, aber diesmal ist kein Geld im Spiel.«

Bär wirkte nicht recht überzeugt, aber er ließ es dabei bewenden.

Salamandras Schrei hatte die anderen geweckt. »Was zum Teufel war das denn?«, brummte Hugo, der Anführer. »Salamandra, warst du das?«

»Alles in Ordnung«, erwiderte Bär. »Sie ist nur ein bisschen nervös geworden.«

Die anderen Männer grummelten und legten sich wieder schlafen. Nur Hugos spöttische Stimme war noch zu hören: »Du solltest dich ein wenig beruhigen, Schätzchen. Was ist eigentlich los mit dir? Seit du mit dieser spitzohrigen Freundin von dir geredet hast, bist du wie ausgewechselt …«

Salamandra erwiderte nichts. Bald kehrte im Lager wieder Ruhe ein. Nach einer Weile riss Bärs Stimme sie jedoch aus ihren Gedanken: »Hast du das gehört?«

Augenblicklich richtete die Magierin sich alarmiert auf.

»Was ist los?«, flüsterte Hugo, den Bär wieder geweckt hatte.

»Da kommt jemand.«

Im Handumdrehen standen die fünf Abenteurer mit gezückten Waffen bereit und spähten mucksmäuschenstill ins Unterholz. Alle hörten deutlich das Geräusch von Schritten. Menschlichen Schritten.

Ohne sich absprechen zu müssen – denn nach Dutzenden von gemeinsamen Unternehmungen waren sie perfekt aufeinander eingespielt –, bewegten die Magierin und die vier Männer sich langsam und geräuschlos in die Richtung, aus der sich der Eindringling näherte. Sobald er die Lichtung betrat, würde er umzingelt sein.

Allen war klar, was in so einem Fall zu tun war. Soweit sie wussten, hatten sie nichts gestohlen, zumindest nicht in letzter Zeit, und hatten in dieser Gegend keine Feinde. Aber vorsichtshalber gingen sie auf Nummer sicher, damit der Neuankömmling ihnen keine böse Überraschung bereiten konnte, bevor sie ihn fragten, was er wolle. Die Schritte kamen immer näher. Reglos verharrten die Abenteurer auf ihrem Posten. Zwischen den Bäumen zeichnete sich eine menschliche Gestalt ab. Da bedeutete Hugo Salamandra mit einem einzigen kurzen Blick loszulegen.

Sie hatte bereits einen einfachen Angriffszauber vorbereitet, sodass ihr die Formel sofort über die Lippen kam und sie sämtliche Energie auf die Silhouette des Eindringlings konzentrieren konnte. Es war nur ein kurzer Lichtblitz zu sehen, nichts weiter. Aber der Lähmungszauber hatte sein Ziel erreicht.

Sogleich stürzten Hugo und die anderen auf den Unbekannten zu, um ihn zu überwältigen, bevor der Lähmungseffekt vorbei war, doch etwas Unerwartetes ließ sie innehalten. Der Eindringling antwortete, und zwar nicht mit einem Schrei, einem Überraschungsausruf oder einem Hilferuf, sondern mit einer Zauberformel auf Arkanisch.

Alles ging ganz schnell. Salamandra war es nicht gewöhnt, auf andere Magier zu stoßen, und brauchte deshalb einige Sekundenbruchteile, bis sie reagierte. Instinktiv sprang sie zurück und hob die Arme, um einen magischen Schutzschild zu errichten. Sie spürte, wie sie von einer unsichtbaren Kraft getroffen wurde, und erkannte sofort ihren eigenen Zauber. Auf irgendeine Weise hatte der Unbekannte ihn zu ihr zurückgeschickt. Zum Glück prallte der Zauber an ihren Schutzschild und verpuffte.

Die Abenteurer waren stehen geblieben, ohne zu wissen, wie sie sich verhalten sollten. Salamandra beschwor das Feuer, aber als sie es gerade auf den Neuankömmling richten wollte, hörte sie seine gelassene

Stimme: »Hat man dir in der Schule nicht beigebracht, dass man mitten im Wald nicht mit Feuer spielen darf, Salamandra?«

Einen Augenblick lang verharrte die junge Magierin reglos. Ihre Hand war immer noch in Flammen gehüllt und sie hob den Arm, damit der Widerschein des Feuers das Gesicht des Fremden erhellte. »Du ...«, wisperte sie.

Ihre Gefährten hatten ihn ebenfalls gesehen. »Du bist das!«, knurrte Hugo missmutig und ließ den Dolch sinken. »Warum schleichst du hier mitten in der Nacht herum? Wir hätten dich beinahe umgebracht.«

Der junge Mann lächelte. »Das bezweifle ich«, erwiderte er nur.

Hugo warf ihm einen finsteren Blick zu. Der Magier und der Söldner konnten sich nicht ausstehen, seit sie sich vor einem Jahr im Schloss der Elfenkönigin kennengelernt hatten.

»Was willst du, Jonás?«, fragte Salamandra verdrossen. »Warum bist du mir hierher gefolgt?«

Iris wachte plötzlich auf. Einen Moment lang fragte sie sich, wo sie war, und sah sich erschrocken um, aber es war stockdunkel. Da fiel es ihr wieder ein. Langsam, vorsichtig krabbelte sie aus ihrem Versteck. Als sie gegen den alten Schrank stieß, hinter dem sie sich verkrochen hatte, segelte eine Staubwolke auf sie herab und sie musste niesen. Mit laut klopfendem Herzen verharrte sie einen Moment reglos. Wenn man sie entdeckte, wurde sie höchstwahrscheinlich zu den anderen Lehrlingen in die Schule am Mondsee geschickt, und das wollte sie nicht.

Als sie sich vergewissert hatte, dass alles ruhig blieb, schlich sie durchs Zimmer und beugte sich vorsichtig aus dem Fenster. Sie befand sich in einem der verlassenen Räume des Turms. Dort würde sie niemand suchen, natürlich immer vorausgesetzt, dass ihr Fehlen überhaupt jemandem auffiel. Doch das bezweifelte Iris. Sie wurde fast nie beachtet. Diese Fähigkeit hatte sie von klein auf entwickelt, um sich vor der Ablehnung ihrer Familie zu schützen. In der Tat war es nicht einmal Dana aufgefallen, dass sie sich immer noch im Turm aufhielt.

Iris seufzte fast unmerklich. Sie hatte gedacht, sie könnte so lange hinter dem Schrank versteckt bleiben wie nötig. Doch nun hatte sie Hunger, großen Hunger, und würde hinausgehen müssen.

Sie holte tief Luft und schlich lautlos aus dem Zimmer und die Treppe hinunter. Sie gelangte ohne Zwischenfälle ins Erdgeschoss. Die Küche war vollkommen leer und dunkel, aber der Hunger war stärker als die Angst. Sie zündete eine Kerze an und steuerte zielstrebig auf die Speisekammer zu.

Ich muss nur ein oder zwei Brote und ein Stück Obst mitnehmen, sagte sie sich. *Das kann ich durch Zauberei vervielfachen und brauche dann nur noch ab und zu hinaus, um auf die Toilette zu gehen.* Sie wollte nicht daran denken, dass sie erst in der zweiten

Stufe war und für diesen Zauber mehr Energie benötigte, als ein einziger Apfel und ein Stück Brot ihr lieferten.

Sie nahm alles, was sie tragen konnte – nicht gerade viel –, und wollte schon wieder in ihr Versteck zurück. Der Duft ließ ihr jedoch das Wasser im Mund zusammenlaufen und sie konnte nicht widerstehen: Sie setzte sich in einer Ecke auf den Boden und begann zu essen.

Beschäftigt, wie sie war, hörte sie nicht das Rascheln einer Tunika, die über den Steinboden schleifte, und bemerkte auch nicht, dass sie aus der Dunkelheit heraus beobachtet wurde. Erst als sie Durst bekam und nach einem Wasserkrug Ausschau hielt, erblickte sie endlich vor sich im flackernden Licht der Kerze Saevin, der sie ansah.

»So ein Unsinn«, schnaubte Salamandra. »Wie soll ich denn in meinem eigenen Feuer verbrennen? Es überrascht mich, dass Dana auf die Wahnvorstellungen einer verrückten Alten hört.«

Salamandra und Jonás hatten sich zum Reden vom Lager zurückgezogen und saßen im hellen Licht des Mondes an einem Bach. Jonás erwiderte nichts, sondern lehnte nur an einem Baumstamm und betrachtete den Nachthimmel.

»Und nur deshalb bist du gekommen?«, wollte Salamandra wissen.

»Die Meisterin hat den Turm räumen lassen«, antwortete er ruhig. »Sie ist sich ziemlich sicher, dass das Orakel nicht nur eine verrückte Alte ist.«

»Dana hat den Turm seit über zwanzig Jahren nicht mehr verlassen, Jonás. Sie hat zwar ein paar Ausflüge auf Kais Rücken gemacht, aber ist kaum unter Leute gegangen. Ich habe viel gesehen und erlebt. Ich glaube nicht an das Schicksal.«

»Du bist eine Frau der Tat, ich weiß. Deshalb fällt es dir schwer, zu glauben, dass jemand besser als du selbst wissen könnte, was du morgen tun wirst. Du nimmst dein Leben gern selbst in die Hand.«

»Wenn du mich so gut kennst, warum bist du dann gekommen?«, fragte sie hitzig.

Jonás war nicht nach Streit zumute. »›Einer wird unter entsetzlichen Qualen sterben‹«, rief er ihr nur in Erinnerung. »›Der, der die Stimme der Wölfe hört.‹« Er beobachtete, wie Salamandra leicht erschauerte, und das löste eine seltsame Mischung von Gefühlen in ihm aus: Triumph, Traurigkeit, Eifersucht … »Sollte er sein Leben etwa doch nicht selbst in der Hand haben, Salamandra?«, fügte er leicht herausfordernd hinzu.

»Es gibt kein Schicksal.«

»Wovor hast du dann Angst? Oder willst du abstreiten, dass du Angst um ihn hast?«

»Jonás, wenn du mir gefolgt bist, um mir eine Eifersuchtsszene zu machen, will ich …«

»Es ist keine Eifersucht, Salamandra. Nicht mehr. Ich bin gekommen, weil ich mir Sorgen um dich mache und um mich zu vergewissern, dass du dich aus der ganzen Sache raushältst.«

»Keine Bange, ich habe Wichtigeres zu tun.«

»Ja, das habe ich gemerkt. Dann wirst du Fenris von der Prophezeiung erzählen? Du findest ihn sicher bald, schließlich gibst du dir ja alle Mühe.«

Salamandra errötete. Es war zu dunkel, als dass Jonás es gesehen hätte, aber er kannte sie gut genug, um zu wissen, welche Reaktion seine Worte in ihr auslösen würden. »Bist du fertig?«, fragte sie schneidend.

Jonás erstarrte. »Ja, ich bin fertig. Sei unbesorgt, ich belästige dich nicht wieder.«

Der Magier sprang auf und ging ohne ein weiteres Wort davon. Kurz darauf hörte Salamandra das Wiehern seines Zauberpferdes, Hufeklappern …

… dann Stille.

Die junge Magierin verharrte eine ganze Weile reglos. Was war nur passiert?, fragte sie sich erschrocken. Sie und Jonás waren Freunde gewesen. Genau genommen mehr als Freunde. Vielleicht war ihre Freundschaft genau deshalb in die Brüche gegangen. Salamandra hatte oft darüber nachgedacht und war immer wieder zu dem Schluss gekommen, dass sie einfach zu verschieden waren. Aber ging es nicht ohne Groll, Spannungen und verletzende Worte? Sie hatte immer gedacht, es liege an Jonás, der nicht akzeptieren konnte, dass ihre Beziehung zu Ende war. Nun, nach diesem Gespräch, war sie sich da nicht mehr so sicher.

»S… Saevin«, stammelte sie.

»Hallo Iris«, grüßte er sie freundlich und ging neben ihr in die Hocke.

»Verrat mich nicht«, bat das Mädchen. »Ich wollte nicht mit den anderen gehen, weil …«

»Ich weiß«, erwiderte Saevin sanft. »Aber auch wenn ich dich nicht verrate, wird die Turmherrin dich bald entdecken. Wenn sie es noch nicht getan hat, dann vermutlich, weil sie jede Menge andere Sorgen hat.«

Iris erschauerte. »Ich will nicht fort, Saevin.«

»Das weiß ich auch. Keine Bange, du musst nicht fort.«

»Wie kannst du dir da so sicher sein?«

Saevin warf ihr einen unergründlichen Blick zu. »Weil es so sein soll«, antwortete er nur.

Zum ersten Mal, seit sie ihn kannte, war ihr etwas in Saevins Augen unheimlich. »Du machst mir Angst«, gestand sie. »Was soll das heißen, ›es soll so sein‹?«

Saevin ließ die Frage unbeantwortet und deutete nur ein Lächeln an. »Geh in dein Versteck zurück, Iris. Und mach dir keine Sorgen.«

Iris wollte noch etwas sagen, hatte jedoch keine Gelegenheit dazu. Saevin war verschwunden.

Als Salamandra zum Lager zurückkehrte, sah nur Hugo sie kommen. »Na?«

»Das geht dich nichts an«, erwiderte sie mürrisch.

»Alles klar«, lachte der Söldner. »Also, ich habe ihn auf diesem Elfenpferd davonreiten hören und aus deinem Gesicht schließe ich, dass ihr euch nicht gerade versöhnt habt.«

Salamandra grummelte etwas, während sie sich am Feuer niederließ.

»Quäl dich nicht, Mädchen«, sagte Hugo. »Du wirst sehen, bald …«

Von den Bergen her erklang ein lang gezogenes Heulen und schnitt ihm das Wort ab. Ein tiefes, mächtiges Heulen, das sich wie ein wilder Jubel über die Nacht und die Freiheit anhörte.

Salamandra erschauerte von Kopf bis Fuß und der Abenteurer konnte nicht übersehen, dass sie plötzlich blass geworden war. »Hast du Angst vor Wölfen?«

»Nein«, erwiderte sie. »Ich habe Angst vor bestimmten Menschen. Sie sind weit schlimmer als die Wölfe.«

Den ganzen nächsten Tag bewegten sich die Abenteurer in Richtung Norden vorwärts. Sie kamen durch ein paar Dörfer am Waldrand und sprachen mit den Bauern. In der Regel stellte Salamandra die Fragen. Sie hörte sich die Antworten aufmerksam an und nickte dann nachdenklich, jedoch ohne ihre Überlegungen jemandem mitzuteilen.

Das Geschöpf hatte diese Wälder bereits vor einiger Zeit durchquert und seine Spuren waren verwischt, aber dennoch war es nicht schwierig, ihm zu folgen.

Aus den Erzählungen der Bauern schlossen Hugo und die anderen, dass sie hinter einem außergewöhnlich großen Wolf her waren.

Bei Einbruch der Dunkelheit ließen sie den Wald hinter sich und erreichten den Fuß der Berge. In diesem Moment hielt Hugo, der vorausritt, einige Meter vor ihnen inne, um die Spuren auf dem Boden zu untersuchen. Seine Gefährten hörten ihn rufen: »Bei allen …! Seht euch das mal an!«

Salamandra schloss rasch auf, um mit eigenen Augen zu sehen, was ihn so überrascht hatte. Der Abenteurer war neben einer Stelle in die Hocke gegangen, wo eine Vielzahl von Tierspuren zu erkennen war. Sie wirkten frisch. »Was hältst du davon?«, fragte er Bär.

Salamandra und die beiden anderen, Eric und Fabius, drängten sich um sie. Bär musterte die Spuren mit Expertenmiene und sagte nur: »Wölfe.«

»Gut, endlich etwas Handfestes«, sagte Hugo befriedigt. »Bisher hatten wir bloß Erzählungen von erschrockenen Dorfbewohnern, hin und wieder eine zerfetzte Kuh, Spuren von Krallen an den Bäumen. Aber jetzt sieht es so aus, als wären wir ihm auf den Fersen, Leute.«

Bär hingegen schien seine gute Laune nicht zu teilen. »Die Sache gefällt mir nicht, Hugo«, versetzte er. »Wir haben bisher ein einziges, großes Tier verfolgt. Aber hier waren mehr als ein Dutzend Tiere … und alle riesig, weit größer als normale Wölfe. Werden wir mit denen fertig?«

Hugo machte den Mund auf, um etwas zu antworten, aber Salamandra kam ihm zuvor. »Ihr werdet nicht mit ihnen allen fertig und deshalb reise ich allein weiter.«

Es trat ein kurzes, ungläubiges Schweigen ein. Doch gleich darauf protestierten alle gleichzeitig.

»Du bist verrückt!«, befand Fabius.

»Allein schaffst du das nie, Salamandra«, meinte Eric. »Du hast ja gehört, was Bär gesagt hat …«

»Und meinst du, wir würden zulassen, dass du die ganze Belohnung allein kassierst?«, polterte Hugo.

Salamandra war es leid, ihnen immer wieder zu erklären, dass es keinerlei Belohnung gab. »Ich habe gesagt, es ist meine Sache und ich gehe allein.«

Die Abenteurer tauschten einen Blick und Hugo sprach für alle: »Du gehst nicht allein. Wir gehören schließlich zusammen, oder?«

Die drei anderen nickten zustimmend. Salamandra lächelte.

5

Der Zwiespalt

An diesem Abend war der große Tisch im Speisesaal leer, bis auf zwei Personen, die sich an das eine Ende gesetzt hatten: Dana und Saevin. Stumm aßen sie einen Teller dampfender Suppe. Dann brach die Turmherrin das Schweigen: »Ich hoffe, es macht dir nichts aus, dass das Essen in letzter Zeit recht einfach geworden ist. Ich musste auch der Köchin kündigen.« Sie zuckte die Schultern. »Man weiß ja nie.«

»Das macht nichts«, erwiderte Saevin halblaut. »Es schmeckt gut.«

»Ja?« Dana lächelte. »Danke, ich habe lange nicht mehr gekocht. Als Kind habe ich oft Maritta geholfen, der früheren Köchin im Turm. Sie hat mir beigebracht, dass ein gutes selbst gekochtes Gericht besser ist als alle herbeigezauberten Leckerbissen.«

Saevin erwiderte nichts. In ihre Gedanken versunken aß Dana schweigend weiter. Dieser seltsame Junge verblüffte sie. Einerseits konnte sie nicht vergessen, dass irgendwo in ihm eine verborgene Kraft schlummerte, eine Kraft, die sich zerstörerisch oder schöpferisch auswirken konnte. Andererseits konnte sie aber auch nicht aufhören, den einsamen, wehrlosen Jungen in ihm zu sehen. Wie sollte sie so jemanden als ›Auserwählten‹ behandeln? Es waren nur noch wenige Tage, bis der Moment eintrat, und Prophezeiung hin oder her – sie hatte noch keinen blassen Schimmer, was auf sie zukam.

Außerdem war da noch etwas anderes. Dana rieb sich irritiert die Schläfe. Ihr Unterbewusstsein versuchte, ihr etwas zu sagen, etwas, das mit dem Turm und dem Aufbruch der Lehrlinge zu tun hatte, etwas, das sie übersehen hatte … Aber sie kam nicht dahinter, was es war.

Nach dem Abendessen ging sie wie gewöhnlich zu Kai. Sie unterhielten sich und flogen zusammen sogar eine Weile über die Berge, aber Dana wollte gleich wieder zurück, um Saevin nicht allein im Turm zu lassen. Anstatt in ihr Schlafzimmer zu gehen, betrat sie ihr Studierzimmer, so wie jeden Abend. Normalerweise las sie dort bis tief in die Nacht in alten Zauberbüchern auf der Suche nach einer Formel, die es ihr ermöglichte, Kai seinen menschlichen Körper zurückzugeben, doch derzeit hatte sie diese Bände beiseitegeschoben und suchte in anderen nach Hinweisen auf den Moment und auf Saevins Rolle dabei. Aber an diesem Abend fiel es ihr schwer, sich zu konzentrieren. Sie konnte Shi-Maes Worte nicht vergessen, jene Stimme aus dem Jenseits, die ihr das Einzige in Aussicht stellte, was sie sich in ihrem ganzen Leben wirklich gewünscht hatte: *Kai und du endlich zusammen, beide als Menschen …*

Als Dana endlich vor lauter Müdigkeit über ihren Zauberbüchern einschlief, hallte Shi-Maes Stimme immer noch in ihrer Seele und in ihren Träumen wider.

»Turmherrin.«

Dana schreckte aus einem leichten und wenig erholsamen Schlaf hoch. Sie blinzelte benommen, bis sie begriff, dass sie sich immer noch in ihrem Studierzimmer befand und am Tisch eingeschlafen war.

»Turmherrin«, rief die Stimme noch einmal.

Die Erzmagierin drehte sich um und entdeckte in einer Ecke Shi-Maes Geist. »Du schon wieder …«, sagte sie. »Du lässt nicht locker und das macht mir Sorgen. Was heckst du aus?«

Die Elfenzauberin lächelte. »Das habe ich dir doch neulich schon erklärt, Dana. Ich wollte dich nur fragen, ob du über mein Angebot nachgedacht hast.«

»Das habe ich getan und meine Antwort lautet nach wie vor Nein.«

Shi-Mae schüttelte missbilligend den Kopf. »Glaubst du an das Schicksal, Turmherrin?«

»Und du?«, fragte Dana zurück. »Glaubst du an Prophezeiungen?«

»Ganz bestimmt nicht, Dana.«

»Warum hast du mich dann angelogen?«

»Das habe ich nicht getan. Ich glaube, dass wir unser Schicksal selbst in der Hand haben und die Prophezeiung des Orakels nur ein Hinweis darauf ist, was geschehen könnte. Man braucht kein Hellseher zu sein, um zu begreifen, dass Kai mit einem einfachen Zauber seinen menschlichen Körper zurückbekommen könnte, sobald der Moment eintritt.«

Dana zuckte zusammen. »Was soll das heißen?«

»Oh, vielleicht habe ich es vergessen zu erwähnen … Also, der Zauber, den ich meine, würde nur unter ganz bestimmten Umständen funktionieren …«

»Der Moment …«, flüsterte Dana.

»Genau: der Moment.« Shi-Mae sah sie durchdringend an. »Deshalb wende ich mich jetzt an dich und nicht früher oder später. Was wissen wir über die Zukunft und das Schicksal, Dana? Sollen wir den Prophezeiungen wirklich Glauben schenken? Sollen wir zum Beispiel davon ausgehen, dass dein Elfenfreund zum Tod verurteilt ist, nur weil das Orakel es vorhergesagt hat?«

Dana schüttelte verwirrt den Kopf.

»Das tust du natürlich nicht«, fuhr Shi-Mae fort, »denn sonst hättest du nicht Jonás zu ihm geschickt, um ihn zu warnen.«

Die Turmherrin sah dem Geist der mächtigen Elfenzauberin in die Augen. Es war ein stechender, herausfordernder Blick. »Worauf willst du hinaus?«

»Prophezeiungen sind nicht unabänderlich, sondern Warnungen. Im Guten wie im Bösen. Du bist eine mächtige Frau, Dana. Du hast die Worte des Orakels als Warnung verstanden und versuchst deshalb zu verhindern, dass sie in Erfüllung gehen. Es hat allerdings nicht nur Unglücke vorhergesagt, stimmt's? Wenn du kämpfen kannst, um zu verhindern, dass die unerfreulichen Vorhersagen in Erfüllung gehen, dann kannst du dich auch dafür einsetzen, dass die anderen Vorhersagen wahr werden …«

Dana sagte nichts und Shi-Mae sprach nicht gleich weiter. Als sie es tat, klang ihre Stimme sanft und schmeichelnd. »Denk daran, dass der Moment kommen und vorbeigehen wird …«

»Ich weiß«, erwiderte die Turmherrin lediglich.

»Dann wirst du auch wissen, dass dir nicht viel Zeit bleibt, um alles zusammenzutragen, was du für den Zauber brauchst.«

»Ich habe nicht eingewilligt.«

»So eine Gelegenheit wirst du nie wieder bekommen und das weißt du auch«, warnte Shi-Mae, während ihre Gestalt immer undeutlicher wurde.

»Das weiß man nie«, widersprach Dana.

Ihr letztes Wort erklang im leeren Raum. Shi-Maes Geist war ins Totenreich zurückgekehrt.

Iris drückte sich zitternd in eine dunkle Ecke. Die Turmherrin kam die Wendeltreppe herab und das Mädchen zweifelte nicht daran, entdeckt zu werden. Im Schein der Kerze konnte Iris sehen, dass ihr Gesicht blass und verzerrt war. Dana ging gedankenverloren an ihr vorbei, ohne stehen zu bleiben. Iris atmete erleichtert auf und konnte ihr Glück kaum fassen. Sie löste sich von der Wand, um in den siebten Stock zu huschen, wo sich ihr Zimmer befand, als etwas sie plötzlich innehalten ließ.

Die Turmherrin war ein Stück weiter unten stehen geblieben und wirkte alarmiert, auch wenn Iris sich sicher war, dass sie kein Geräusch verursacht hatte. Sie begann zu zittern. Dana würde jeden Moment kehrtmachen und dann würde sie sie entdecken. Sie wich ein paar Schritte zurück und stieß mit jemandem zusammen. Sie hob den Kopf. Es war Saevin.

»Geh«, sagte er nur halblaut und schob sie sanft zur Wand.

Dana drehte sich um und sah nur den Jungen, der mitten auf der Treppe stand. Keiner von beiden sagte etwas. Sie sahen sich nur an. Der Lehrling und die Turmherrin, die Dame mit dem Drachen, standen da und starrten sich wortlos an, als lieferten sie sich ein lautloses Duell. Saevin hatte keine Angst vor der Macht der Erzmagierin: Ohne zu blinzeln hielt er ihrem Blick stand. Dana schien das Bewusstsein des Jungen auskundschaften, seine Gedanken lesen zu wollen, als wären sie von entscheidender Bedeutung, als wäre dieses Bewusstsein weit mehr als das Bewusstsein eines Heranwachsenden, der gerade mal mit dem Zauberstudium begonnen hatte.

Iris war verwirrt. Sie fühlte sich bedeutungslos, wie

eine winzige Ameise mitten in einem Kampf der Titanen. Sie fragte sich zum ersten Mal, wer Saevin wirklich war und warum Dana allein mit ihm und Kai im Turm hatte bleiben wollen.

»Es ist spät.« Danas Stimme ließ Iris zusammenzucken. Die Zauberin hatte Saevin angesprochen.

»Ich weiß«, erwiderte der Junge. »Ich konnte nicht schlafen.«

Sie neigte den Kopf zur Seite. »Das überrascht mich nicht«, sagte sie, ohne die Stimme zu heben. »Der Turm ist so seltsam leer. Aber du musst dich ausruhen, Saevin.«

Der Junge nickte wortlos, drehte sich leise um und ging die Treppe wieder hinauf. Dana setzte ebenfalls ihren Weg fort und stieg weiter hinunter. Zitternd verharrte Iris einen Moment. Zum ersten Mal seit ihrer Ankunft im Turm fühlte sie sich unsicher und wusste nicht, was sie tun sollte. Als das Geräusch von Danas Schritten verklungen war, schlüpfte Iris wieder in das vergessene Zimmer, das sie als Versteck gewählt hatte.

Dana langte im Erdgeschoss an und rieb sich besorgt die Schläfe.

»Du musst dich ausruhen«, ließ sich eine sanfte Stimme vernehmen.

Sie drehte sich um und entdeckte hinter einem der Fenster Kais Kopf. Dankbar streichelte sie seine geschuppte Haut. »Dieser Junge verblüfft mich«, erwiderte sie. »Wenn ich doch nur wüsste, was für eine Rolle er in der ganzen Geschichte spielt.«

»Machst du dir immer noch Sorgen wegen der Prophezeiung?«

Dana antwortete nicht sofort. Kai wollte näher zu ihr, stieß jedoch mit den Hörnern an die Fensteröffnung und musste sich damit begnügen, nur die Schnauze hindurchzustecken. Dana musste unwillkürlich lächeln.

»Ich glaube, wir haben das Richtige getan«, erklärte sie. »In der Prophezeiung war von elf Personen im Turm die Rede und jetzt sind wir nur noch drei. Ich konnte sogar Jonás zum Gehen bewegen. Obwohl …« Sie runzelte die Stirn. »Was Iris angeht, habe ich ein komisches Gefühl. Eigenartig, sie will mir nicht aus dem Kopf. Ich frage mich, ob es ihr gut geht.«

Diesmal war Kai derjenige, der schwieg. Dana hob eine Hand und machte eine schnelle Bewegung. Augenblicklich war sie von dort verschwunden, um sich draußen neben Kai zu materialisieren. Mit einem Zauberwort bewirkte sie, dass der Garten sanft von übernatürlichem Licht erhellt wurde. Dann sah sie Kai in die Augen.

Sie erinnerte sich noch ganz genau daran, wie ihre Blicke sich zum ersten Mal getroffen hatten. Damals war sie sechs Jahre alt gewesen und hatte auf einem Bauernhof gelebt. Er hatte ebenfalls wie ein Sechsjähriger ausgesehen, ein dünner, freundlicher Junge. Binnen Kurzem war er zu ihrem besten Freund geworden, auch wenn Dana bald herausgefunden hatte, dass nur sie ihn sehen und hören konnte und dass er außerdem so körperlos war wie der Wind, wie die Gedanken, wie ein Sonnenstrahl.

Den Grund dafür erfuhr sie erst viel später, als sie fast sechzehn war und schon lange im Turm studierte. Kais Geheimnis. Die Zauberin schloss die Augen. In jener Nacht hatte ihr Freund ihr gestanden, dass er ein Geist aus dem Jenseits war und die Aufgabe hatte, sie zu beschützen, weil Dana eine *Kin-Shannay* war, eine Brücke zwischen der Welt der Lebenden und dem Totenreich.

Dann war er gegangen. Zehn Jahre war er im Jenseits geblieben, zehn lange Jahre, die für sie wie ein endloser Winter gewesen waren. Als es ihm endlich gelungen war, wieder in die Welt der Lebenden zurückzukehren, hatte Dana geschworen, einen Weg zu finden, wie sie zusammenbleiben konnten. Sie hatten es beinahe geschafft. Beinahe.

Ihre Hand streichelte sanft das Gesicht des Drachen, vom Hals bis zu den Spitzen seiner Hörner. Kais Schuppen schimmerten golden und seine grünen Augen sahen sie ernst an. »Dana, was ist los?«, fragte er.

Anstelle einer Antwort ließ sie die Hand über seinen langen Hals und dann über seinen Rücken gleiten, immer weiter über den riesigen Reptilienkörper. Sie streifte seine Flügel, ging um seinen langen Schwanz herum, bis sie wieder bei seinem Kopf angelangt war.

Kai wusste nicht recht, wie er diese Untersuchung verstehen sollte. »Was machst du denn da?«

»Dich ansehen.« Sie hob den Kopf. »Sag mal, fühlst du dich wohl in diesem Körper?«

»Ich fühle mich lebendig«, antwortete er, als wäre damit alles gesagt.

»Davon mal abgesehen – was empfindest du sonst noch?«

Der Drache schwieg einen Moment und antwortete dann: »Ich fühle mich groß, mächtig und frei. Fliegen zu können ist wunderbar – es ist, als könnte ich dir den Regenbogen an dein Fenster bringen.«

Dana lächelte.

»Aber manchmal fühle ich mich auch sehr schwer. Ich bin zu groß, um den Turm zu betreten, und fühle mich oft ausgeschlossen. Außerdem«, fügte er mit einem resignierten Seufzer hinzu, »bin ich vom Essen abhängig.«

Danas Lächeln wurde breiter. Als Geist hatte Kai gut fünfhundert Jahre lang keinerlei körperliche Bedürfnisse verspürt. Nun, da er einen so großen Leib ernähren musste, sah er sich gezwungen, in den Bergen Tiere zu jagen, und das ging ihm gegen den Strich. Selbst wenn er sich vegetarisch ernähren könnte, so vermutete Dana, würde er den Tod der Pflanzen bedauern, die er fressen musste.

»Und außerdem«, fügte der Drache hinzu und warf ihr einen eindringlichen Blick zu, »ist da die Tatsache, dass ich dich liebe.«

Danas Augen füllten sich mit Tränen. Selten sprachen sie ihre Gefühle so deutlich aus, weil es einfach zu schmerzhaft war, denn beide hatten von Anfang an gewusst, dass ihre Liebe keine Chance hatte.

Sie wischte sich über die Wangen. »Sag mir, warum?«, fragte sie leise.

Kai war verwirrt. »Warum was? Warum ich dich liebe?«

»Nein. Warum … warum wir uns ineinander verliebt haben, obwohl das nicht vorgesehen war. Warum wir jetzt, wo es nun mal so ist, nicht glücklich miteinander sein können.«

»Hab Geduld, Dana«, mahnte er und warf ihr einen strengen Blick zu. »Jetzt sind wir zusammen und nichts kann uns mehr trennen. Eines Tages …« – er blickte zu den Sternen auf – »im Jenseits …«

»Ja, das weiß ich, das kann uns keiner nehmen. Aber was ist mit dem Diesseits, Kai? Du hast immer gesagt, dass es einzigartig und unwiederholbar ist. Mich quält der Gedanke, dass wir nicht zusammen leben können, als Paar …«

»Mich auch, aber so ist es nun mal, Dana. Während ich im Jenseits war, habe ich dich so vermisst, dass ich immer noch froh bin, überhaupt wieder bei dir zu sein. Und wenn dieser Körper«, fügte er hinzu und hob einen Flügel, »es möglich gemacht hat, sei er mir willkommen.«

»Du nimmst die Dinge mit so viel Optimismus …«

»Bleibt mir denn etwas anderes übrig?«

Dana antwortete nicht, lächelte jedoch und schlang ihm die Arme um den langen Hals. Kai machte ein Geräusch, das einem tiefen Gurren glich. So umschlungen verharrten sie einen Moment, Frau und Drache, bis ihre Herzen im selben Rhythmus schlugen. Kai senkte den Kopf und streifte die Schulter der Turmherrin. »Heute Abend bist du sehr traurig, Dana. So sehe ich dich gar nicht gern.«

Sie löste sich von ihm und trocknete eine verräterische Träne. »Mein Leben lang habe ich mich abgestrampelt, Kai. Was nützt es mir, Erzmagierin zu sein, was nützt es mir, Turmherrin zu sein? Was nützen mir meine Fähigkeiten, wenn sie mir nicht das Einzige verschaffen können, das ich mir von klein auf gewünscht habe? Sag mir, warum?« Sie starrte ohnmächtig ihre Hände an.

Kai spürte, wie ihm das Herz brach. »Dana, bitte, ich … So gefällst du mir gar nicht … Wenn ich etwas tun könnte …«

Plötzlich hob sie den Kopf und sah ihn mit einem sonderbaren Glanz in den Augen an. »Wenn du etwas tun könntest, würdest du es dann tun?«

Kai sah sie argwöhnisch an. »Was soll das heißen?«

»Sag schon, würdest du es tun?«

»Du meinst die Prophezeiung, stimmt's? Deswegen bist du so. Hör mir gut zu, Dana, das ist eine sehr ernste Angelegenheit. Es gibt Leute, die auf dich angewiesen sind, das weißt du ja.«

Sie seufzte gereizt. »Ich habe immer Verantwortung getragen, aber ich konnte nie für mich selbst entscheiden. Ich wurde immer wieder benutzt, von einem Ort an den anderen gebracht, ohne mich wehren zu können. Der Meister, Shi-Mae, sogar Aonia … Ganz zu schweigen von all den Geistern aus dem Jenseits, die dich geschickt haben, um mich zu schützen, weil sie durch mich ihre eigenen Interessen wahren wollen.« Danas Worte waren voller Bitterkeit.

»Dana, ich …«

Sie hob den Kopf, um ihm in die Augen zu sehen. »Aber damit ist jetzt Schluss, Kai. Diesmal will ich mein Schicksal selbst in die Hand nehmen. Diesmal will ich die Möglichkeit haben, mich frei zu entscheiden …«

Kai runzelte die Stirn. »Was soll das heißen?«

Ihre Miene glättete sich, sie warf ihm einen Blick voll unendlicher Zärtlichkeit zu und strich ihm über die Schuppen. Der Drache schloss wohlig die Augen. Da hörte er, wie sie etwas flüsterte. Er öffnete die Augen und begegnete Danas blauem, hypnotischen Blick.

»Was machst du denn da …?« Sein Maul öffnete sich zu einem herzhaften Gähnen.

»Tut mir leid, Kai«, sagte sie. »Kümmere dich während meiner Abwesenheit um den Turm.«

»Was soll das hei…?« Kai konnte den Satz nicht zu Ende sprechen. Ihm fielen die Augen zu und sein Kopf sank in den Schnee. Er schlief tief und fest.

Dana beugte sich über ihn, um ihn aus der Nähe zu

betrachten. »Verzeih mir«, flüsterte sie ihm ins Ohr. »Ich tue es nur … aus Liebe.«

Ein Zittern durchlief sie und sie stand rasch auf. Hinter ihr nahm ein körperloser Geist immer deutlicher Gestalt an, bis Shi-Maes Züge erkennbar wurden. »Bist du bereit, Turmherrin?«, fragte sie.

Dana nickte. »Ja.«

6

Die Spur des Wolfs

Salamandra blickte zum Himmel auf, der mit einer schweren, grauen Wolkendecke überzogen war. Sie mummelte sich in ihren Umhang und strich sich das Haar aus dem Gesicht. Der Wind fegte über die Berghänge und pfiff ihr in den Ohren.

Bärs Stimme riss sie aus ihren Gedanken. »Sie sind ganz frisch«, erklärte er. »Es würde mich nicht wundern, wenn wir diesen Viechern heute noch über den Weg laufen.«

Salamandra zuckte zusammen, erwiderte jedoch nichts. Als die anderen, die ein Stück weiter vorn die Spuren untersucht hatten, wieder zu ihnen stießen, wandte Salamandra sich an Hugo und sah ihm in die Augen. »Ich will keine Einmischung, Hugo.«

Der Abenteurer zuckte die Schultern. »Das hast du schon oft gesagt, Schätzchen. Dein Wunsch ist uns Befehl. Trotzdem hoffe ich, es ist dir recht, wenn wir dich retten, falls du in Schwierigkeiten gerätst.«

Salamandra schulterte wortlos ihren Rucksack und

kletterte unter den bleigrauen Wolken weiter den Hang hinauf. Am späten Vormittag machte der Trupp auf einer Bergwiese halt, aus der kleinere und größere Felsen aufragten. Salamandra sah sich nach allen Seiten um. Nicht weit von ihnen begann ein Wald, der aussah, als wäre er noch nie von Menschen betreten worden.

Hugo stieß einen gereizten Seufzer aus. »Salamandra, ich glaube, allmählich könntest du uns erklären, was zum Teufel eigentlich los ist, findest du nicht?«

Sie wollte gerade antworten, als tiefes Geheul das Pfeifen des Windes übertönte. Die junge Magierin raffte ihren Umhang zusammen, ließ ihre Gefährten einfach stehen und rannte in Richtung des schaurigen Geräuschs. Hugo fluchte und lief rasch hinter ihr her. Die anderen drei taten es ihm nach.

Salamandra kletterte zwischen zwei Felsen hindurch und gelangte zu einer kleinen grünen Mulde mit einzelnen Felsbrocken. Unsicher blieb sie in der Mitte stehen, wo die anderen sie einholten.

»Was zum Teufel …?«, schnaubte Hugo, doch Bärs Stimme unterbrach ihn: »Seht mal!«

Ein Stück über ihnen sah ein grauer, außergewöhnlich großer Wolf sie von einem hohen Felsen aus ernst an.

»Dort ist noch einer …«, flüsterte Eric.

Und noch einer. Und noch einer. Und noch einer.

Die Abenteurer waren von einem Dutzend riesiger Wölfe umringt, die sie von den Felsen herab stumm ansahen. Instinktiv griffen die Männer nach den Waffen. Salamandra nicht. Die Magierin löste sich aus der Gruppe und machte ein paar Schritte nach vorn. Sie hatte den Blick auf einen der Wölfe gerichtet, ein Exemplar mit schneeweißem Fell. »Ich bin auf der Suche nach Fenris«, sagte sie laut.

Hugo und die anderen sahen sie an, als wäre sie verrückt geworden. »Salamandra, darf man erfahren, was du da tust?«

»Ich möchte mit Fenris sprechen«, beharrte sie, ohne auf ihre Gefährten zu achten. »Ich weiß, dass er hier ist, bei euch.«

Der weiße Wolf verzog keine Miene, sondern sah sie nur mit seinen tiefen, dunklen Augen an. Dann kehrte er den Menschen langsam den Rücken und entfernte sich von ihnen.

Das war das Zeichen, auf das seine Artgenossen gewartet hatten. Plötzlich begannen sie zu knurren und machten ein paar Schritte auf die Abenteurer zu.

»Zum Teufel, Salamandra, hör auf mit dem Spiel und hilf uns!«, brummte Hugo.

Salamandra knabberte unentschlossen an ihrer Unterlippe. Dann rannte sie auf einmal hinter dem weißen Wolf her. Hugo fluchte leise vor sich hin.

»Hör zu!«, rief Salamandra. »Wir wollen nichts Böses! Sag den anderen, sie sollen meine Freunde in Ruhe lassen!«

Der Wolf drehte sich nach ihr um und warf ihr

einen kurzen Blick zu. Dann fletschte er knurrend die Zähne.

»Ich weiß, wer ihr seid!«, beharrte Salamandra. »Ich bin eine Freundin von Fenris. Er …«

Sie unterbrach sich, als sie im Knurren des Wolfs auf einmal ein paar Worte ausmachte: »Geht fort, Menschen.«

Das Knurren der anderen Wölfe wurde lauter und ein paar von ihnen heulten sogar. Der weiße Wolf kletterte weiter die Felsen hinauf, fort von Salamandra. Sie lief hinter ihm her. »Du hast mir einmal das Leben gerettet! Daran musst du dich doch noch erinnern.«

»Ich habe einem der unseren das Leben gerettet«, knurrte der Wolf, ohne sich umzudrehen.

Salamandra erschauerte. Dieses Geschöpf konnte sprechen, ja, aber seine Worte waren schwer zu verstehen und kaum von seinem Knurren zu unterscheiden. »Du hast eine menschliche Seite«, beharrte sie.

Da drehte der Wolf sich plötzlich zu ihr um und sein Blick ließ die Magierin an ihren eigenen Worten zweifeln. »Du bist ein Mensch«, erwiderte er. »Und ich bin ein Wolf.«

Wie um seinen Worten Nachdruck zu verleihen, heulten die anderen Wölfe lauter. Unentschlossen wichen die Abenteurer ein Stück zurück. Sie waren zu weit entfernt, um die Worte des weißen Wolfs zu hören, und sahen nur, dass Salamandra mit einem Tier zu sprechen versuchte.

»Warum hast du mich dann noch nicht umgebracht?«, flüsterte Salamandra.

Die Augen des weißen Wolfs verengten sich. Sein Knurren wurde durchdringender, sodass seine spitzen Reißzähne deutlich sichtbar wurden. »Du hast es so gewollt, Menschenfrau.«

Der Wolf sprang auf sie zu. Salamandra schrie und errichtete zu ihrer Verteidigung einen magischen Schutzschild. Alle anderen Wölfe stürzten sich auf die Abenteurer, die die Waffen zückten. »Erschlag sie mit einem Blitz, Salamandra!«, rief Hugo, aber die Magierin wollte offenbar keinen Angriffszauber ausführen.

Plötzlich wurde alles von einem gebieterischen Bellen übertönt. Der weiße Wolf prallte gegen Salamandras Schutzschild und wich zurück. Er bellte zweimal kurz auf und erhielt ein trockenes, schneidendes Bellen zur Antwort.

Als Salamandra den Blick hob, begann ihr Herz heftiger zu schlagen: Von einem Felsen aus sah ein rotbrauner Wolf sie mit einem finsteren Ausdruck in den bernsteingelben Augen an.

Kai hörte eine bekannte Stimme, konnte sie jedoch nicht zuordnen. Sie schien Arkanisch zu sprechen. Kai wusste, wie diese Sprache klang, verstand sie jedoch nicht. Plötzlich zerriss eine Art Lichtstrahl die Finsternis. Die Stimme verstummte einen Moment und fragte dann deutlich: »Kai?«

Mühsam, ganz langsam, öffnete Kai die Augen. Das Morgenlicht blendete ihn. Er kniff die Lider zusammen und erkannte vor sich eine rot gekleidete, menschliche Gestalt, die ihn besorgt ansah. »Jo…nás?«, stieß er hervor, während er ein Gähnen unterdrückte.

Der junge Magier richtete sich auf und warf einen Blick auf die imposante Silhouette des Turms, der wie ein ewiger Wächter über dem Tal der Wölfe aufragte. »Kai, darf man erfahren, was passiert ist?«, fragte er. »Offenbar ist Saevin allein im Turm. Wo ist Dana?«

Der Drache richtete sich ein Stück auf und holte tief Luft im Versuch, seine Benommenheit abzuschütteln. »Dana? Saevin? Oh, mein Kopf … Jonás, es tut mir schrecklich leid, ich bin eingeschlafen. Ich …«

»Mach dir nichts draus, es war nicht deine Schuld. Jemand hat dich in einen Zauberschlaf versetzt.« Jonás runzelte die Stirn. »Verflixt noch mal, vielleicht hat derjenige Dana etwas angetan. Bitte versuch, dich zu erinnern, wer …«

»Ich fürchte, sie ist es selbst gewesen, Jonás.«

»Wer?«

Kai warf ihm einen zutiefst besorgten Blick zu. »Ich weiß, du wirst es nicht glauben wollen, aber … wenn Dana fort ist, dann hat sie mich wahrscheinlich in den Schlaf gezaubert, damit ich sie nicht daran hindern kann. Und ich glaube, ich weiß auch warum.«

Der weiße Wolf wich ein Stück zurück und mit ihm die anderen Wölfe, aber Salamandra bemerkte es nicht. Sie starrte immer noch das rotbraune Tier an. Ihre Gefährten trauten der Sache nicht. Die Wölfe hatten den Angriff unterbrochen, ließen sie jedoch nicht aus den Augen. Der Wolf mit dem rotbraunen Fell machte kehrt und verließ die Mulde.

»Beeil dich«, knurrte der weiße Wolf.

Salamandra nickte und lief hinter dem rotbraunen Tier her. Hugo machte Anstalten, ihr zu folgen, doch die anderen Wölfe versperrten ihm den Weg. »Ich glaube, ich träume«, murmelte der Abenteurer fassungslos.

Salamandra folgte dem Wolf an eine abgelegenere Stelle hinter einigen Felsen. Ihr zitterten die Beine und sie kam kaum voran. Sie hatte lange auf diesen Moment gewartet und sich tausend Mal überlegt, was sie sagen würde. Doch nun stellte sie fest, dass es ihr schwerfiel, die richtigen Worte zu finden.

Plötzlich blieb der Wolf stehen und drehte sich zu ihr um. »Warum bist du mir gefolgt?«, fragte er. Seine Stimme glich mehr einem Knurren als menschlichen Worten.

Salamandra musste schlucken. Ihr Herz klopfte heftig. *Weil ich dich vermisst habe,* hätte sie am liebsten geantwortet. Doch sie lebte schon zu lange als hartgesottene Abenteurerin, als dass sie so leicht über ihre Gefühle gesprochen hätte. »Ich wollte dich sehen«, erwiderte sie. »Du könntest dich zumindest darüber freuen.«

Der Wolf knurrte. »Dieser Wald ist das Allerheiligste der Wölfe. Ihr Menschen solltet ihn nicht betreten.«

»Fenris, du bist kein Wolf.«

Er warf ihr einen abschätzigen Blick zu. »Ich bin das, wofür ich mich entschieden habe.«

Einen Moment lang sagte Salamandra nichts. Die Sache gestaltete sich schwieriger, als sie gedacht hatte. »An uns Menschen liegt dir nichts mehr, oder?« Sie glaubte ein kurzes Schwanken im bernsteinfarbenen Blick des Tiers wahrzunehmen, und fragte weiter: »Wie lange lebst du schon als Wolf?«

»Viele Monde«, antwortete er. »So fühle ich mich wohler, Salamandra. Hier lehnt mich niemand ab, weil ich bin, wie ich bin.«

Nun war sie diejenige, die schwankte. »All diese Wölfe … sind wie du, stimmt's?«

Fenris ließ den Blick über die Berge schweifen. »Hier haben wir einen Schlupfwinkel gefunden, wo wir vor dem Hass der Menschen sicher sind. Dir ist nicht klar, was du getan hast, Salamandra.« Er warf ihr einen strengen Blick zu. »Diese Männer, die mit dir hergekommen sind, würden uns ohne zu zögern alle umbringen, wenn sie wüssten, was wir sind. Und sie würden es auch tun, wenn sie glaubten, wir wären ganz gewöhnliche Wölfe.«

»Ihr seid weit mehr als Wölfe. Warum lehnt ihr

eure vernunftbegabte Seite so hartnäckig ab? Ich habe mit diesem weißen Wolf gesprochen. Man kann ihn kaum mehr verstehen. Bald wird es dir auch so gehen, Fenris.«

»Bist du gekommen, um mir ins Gewissen zu reden?«

»Nein.« Salamandra hatte sich auf die Suche nach ihm gemacht, um ihm zu sagen, dass sie mittlerweile erwachsen war, um ihm ihre Gefühle zu gestehen, um ihm zu versichern, dass sie seine wilde Seite nicht fürchtete, sondern akzeptierte. Aber mit einem Wolf gestaltete sich so ein Gespräch schwierig. Sie wechselte kurzerhand das Thema. »Ich habe vor Kurzem mit Jonás gesprochen. Er hat mir erzählt, dass ein Orakel Dinge prophezeit hat, die uns alle betreffen.«

»Was soll das heißen?«

Salamandra holte tief Luft. »Fenris, ich bin von weit her gekommen. Ich bitte dich herzlich: Ich würde dich gerne so sehen, wie ich dich kennengelernt habe. Tu's mir zuliebe. Nur für einen Moment.«

Der Wolf warf ihr einen finsteren Blick zu. Dann wich er ein paar Schritte zurück und stieß ein seltsames, kehliges Geräusch aus. Die Verwandlung setzte ein. Salamandra beobachtete fasziniert, wie das rotbraune Fell einer feinen Haut wich, die sich über lange, schmale Gliedmaßen spannte, wie die Schnauze kürzer wurde und die Pfoten sich in Hände verwandelten, wie der Wolf zu einem Wesen mit großen mandelförmigen Augen und kantigen Zügen wurde, von dem eine unbestreitbare Aura geheimnisvoller Attraktivität ausging.

Der Elf war noch auf allen vieren und in seinen honigfarbenen Augen blitzte ein wölfisches Funkeln. Salamandra errötete heftig. »Fenris, was ist aus deiner Tunika geworden?«

»Hier brauche ich sie nicht.«

»Äh ... ich leihe dir meinen Umhang«, sagte sie hastig und hielt ihm das Kleidungsstück hin.

Der Elf lächelte spöttisch und wickelte sich darin ein. »Gut«, erwiderte er. Seine Stimme hatte immer noch etwas von einem Knurren. »Da du nun schon einmal hier bist, um mich aus meinem ruhigen Wolfsleben zu reißen, nehme ich an, du erklärst mir jetzt ausführlicher, was es mit dieser Prophezeiung auf sich hat.«

Jonás ging nervös auf und ab. Seine Unruhe stand in krassem Gegensatz zu dem gelassenen Verhalten Saevins, der schweigend vor ihm stand. »Ich kann nicht glauben, dass du nicht weißt, wo sie hingegangen ist.«

»Sie hat es mir nicht gesagt«, erwiderte der Junge achselzuckend.

Jonás blieb stehen und sah ihn durchdringend an. »Sie hat es dir nicht gesagt, aber du weißt es.«

Saevin antwortete nicht.

»Verdammt noch mal!«, knurrte der Magier. »Was für eine Rolle spielst du in dieser ganzen Geschichte? Sag mir, wer zum Teufel bist du?«

»Ich bin Saevin«, antwortete er weiterhin ungerührt. »Und meine Rolle in dieser ganzen Geschichte ist in der Prophezeiung festgelegt.«

Jonás fixierte ihn. »Und darf man erfahren, was du sonst noch weißt?«

»Nein. Du verstehst es nicht, Jonás. Ihr nehmt mich alle furchtbar wichtig, dabei bin ich in diesem Spiel nur eine Marionette.«

»Unglaublich, unglaublich«, erwiderte Jonás und schloss die Augen, weil ihm schwindlig wurde. »Ein Lehrling der ersten Stufe erteilt mir eine Lektion. Woher weißt du das alles?«

»Ich weiß es, weil ich es wissen muss, Jonás. Genau wie du weißt, dass die Prophezeiung in Erfüllung gehen muss.«

»Jetzt reicht's aber!«, schrie der Magier. »Für wen hältst du dich eigentlich? Hör mir mal gut zu. Du scheinst mir höchst verdächtig und ich werfe dich nur deshalb nicht aus dem Turm, weil Dana entschieden hat, dass du hierbleibst. Es ist mir egal, wenn du nicht auf meiner Seite bist: Ich werde Dana finden, mit oder ohne deine Hilfe. Und wir werden verhindern, dass die Prophezeiung in Erfüllung geht«, fügte er mit funkelnden Augen hinzu, »mit oder ohne deine Hilfe.«

»Jonás.«

Der junge Mann zuckte zusammen und fuhr herum. Kais Kopf war vor dem Fenster aufgetaucht.

»Ich komme gleich«, sagte er. Mit einem letzten wütenden Blick auf Saevin verließ er den Raum, um zu dem Drachen im Garten zu gehen. Kai saß auf seinem Hinterteil und untersuchte seinen rechten Flügel mit kritischer Miene.

»Alles bereit?«, fragte Jonás nervös.

»Ja, ich glaube schon.«

»Dir steht eine sehr lange Reise bevor. Willst du nicht ein bisschen magische Unterstützung?«

»Nein, ich bin ja kein Magier und wüsste nicht, was ich tun sollte, wenn etwas schiefginge. Mach dir keine Gedanken, ich brauche nicht so lange, um das Meer zu überqueren. Ich bin ein Drache, verstehst du? Die Winde wehen zu meinen Gunsten.«

Jonás lächelte ein wenig besorgt. »Glaubst du, wir tun das Richtige?«

»Ich weiß es nicht und es ist mir auch egal, Jonás. Ich will nur Dana finden und mich vergewissern, dass es ihr gut geht. Und wenn jemand mir einen Hinweis geben kann, dann ist es dieser Fenris.«

»Ich habe versucht, Salamandra Bescheid zu sagen, aber alle ihre Verständigungskanäle sind geschlossen.«

»Das macht nichts, ich finde Fenris auf alle Fälle. Mit deinen Angaben ist das nicht schwer.«

Jonás rieb sich besorgt die Schläfe.

»Tut mir leid, wenn ich dich allein lasse«, sagte Kai.

»Ist schon in Ordnung. Ich hätte sehr wenig Selbstbewusstsein, wenn ich mir nicht zutrauen würde, einen Lehrling der ersten Stufe unter Kontrolle zu halten, mag er noch so ›auserwählt‹ sein.«

Kai lächelte. »Bis bald, mein Lieber«, sagte er nur.

Er schlug mit den Flügeln, wobei starke Luftwirbel entstanden. Jonás legte sich schützend den Arm vors Gesicht. Als er wieder hinsah, hatte der Drache sich bereits in die Luft erhoben. Kurz darauf war er nur noch eine goldene Flamme, die sich gegen den Himmel abzeichnete. »Viel Glück, Kai«, murmelte der junge Magier.

Fenris schwieg lange. Salamandra musterte ihn mit einer gewissen Neugier. Der Elf hatte sich seit ihrer letzten Begegnung nicht verändert. Er hatte sich nicht einmal verändert, seit sie sich vor sieben Jahren das erste Mal gesehen hatten. Damals war sie noch ein Mädchen gewesen.

Nun war sie eine Frau. Das wollte sie ihm sagen, wusste jedoch nicht wie, vielleicht weil sie seine Antwort schon im Voraus kannte. Auch wenn sie nun gleich alt aussahen, war der Elf in Wirklichkeit über zweihundert Jahre alt und würde noch ein paar Jahrhunderte lang jung bleiben, während sie alt werden und sterben würde. Genau das würde Fenris antworten und er würde es vorbringen, um ihr nicht die Wahrheit zu sagen: dass er sie immer gemocht hatte wie eine Freundin, wie eine Schwester, nichts weiter.

Salamandra war nicht daran gewöhnt, mit Dingen konfrontiert zu sein, die sie nicht ändern konnte. Sie nahm ihr Leben gern selbst in die Hand. Sie hasste die Vorstellung, dass sie, eine mächtige Zauberin, nicht den geringsten Einfluss auf Fenris' Gefühle hatte.

Äußerlich sah der Elf noch genauso aus, aber etwas an ihm war anders. Er trug das kupferrote Haar länger und zerzaust und in seinen Augen war ein wildes Funkeln. Seine Bewegungen waren kraftvoller als sonst, weniger fließend, und seine Stimme klang rauer, als sie sie in Erinnerung hatte.

»Im Turm hattest du Freunde«, flüsterte sie. »Warum bist du hierhergekommen, warum hast du dich für dieses Leben entschieden?« Fenris warf ihr einen harten Blick zu, aber sie ließ sich nicht einschüchtern. »Sag mir, warum bist du lieber ein Wolf?«

»Ich dachte, du wolltest mir von der Prophezeiung erzählen, Salamandra«, versetzte er.

»Ich habe dir schon alles erzählt, was ich weiß«, entgegnete sie. »Was meinst du dazu?«, fügte sie widerwillig hinzu.

»Es klingt ernst«, räumte der Elf stirnrunzelnd ein. »Einerseits glaube ich, ich sollte in den Turm zurückkehren, falls Dana mich braucht, aber andererseits …«

»Das darfst du nicht!«, rief Salamandra besorgt. »Die Prophezeiung …«

»Im Moment, Salamandra, ist mir Danas Sicherheit wichtiger als meine eigene«, fiel Fenris ihr ins Wort.

Sie erwiderte nichts. Es war zwar viel Zeit vergangen, aber nun kam sie sich erneut wie ein kleines

Mädchen vor, das von ihrem Meister getadelt wird. Denn Fenris schien sich zwar in seinem neuen Leben mit den Wolfselfen sehr wohl zu fühlen, aber er war nach wie vor ein mächtiger Magier und im Turm ihr Mentor gewesen. Manches änderte sich nie.

»Ich nehme noch heute Nacht Verbindung mit Dana auf«, erklärte Fenris nachdenklich. Reflexartig kratzte er sich hinter einem seiner langen, spitz zulaufenden Ohren und wirkte dabei mehr wie ein Wolf als wie ein Elf. »Ich habe ihr versprochen, ihr zur Seite zu stehen, wenn sie mich einmal braucht, und werde dieses Versprechen unter allen Umständen halten.«

Salamandra erwiderte nichts. Da richtete er den Blick auf sie und lächelte, als sähe er sie zum ersten Mal. »Du bist reifer geworden, Salamandra.«

»Endlich merkst du es. Ich finde, du solltest diese Gestalt öfter annehmen. Als Wolf vergisst du deine Erziehung, von deinen Freunden ganz zu schweigen.«

Fenris' Lächeln wurde breiter. Salamandra fühlte sich ein wenig besser. Je länger Fenris seine Elfengestalt beibehielt, desto mehr ähnelte er wieder dem Wesen, das sie kennengelernt hatte. »Ich vermisse dich«, stieß sie schließlich hervor.

Fenris warf ihr einen nachdenklichen Blick zu. »Ich verstehe«, erwiderte er nur. »Du hast dich von Jonás getrennt, hm?«

»Worauf willst du hinaus?«, fauchte sie gekränkt.

»Ich habe deine Gefährten gesehen«, antwortete er und deutete mit dem Kinn in die Richtung, wo sie

Hugo und die anderen zurückgelassen hatten, »und kann mir vorstellen, wie du jetzt lebst. So musste es kommen. Du bist nicht für ein Leben im Turm gemacht.«

»Und du?«, fragte Salamandra.

»Ich vermisse euch alle, aber das hier ist mein Leben. Du solltest das besser verstehen als jeder andere. Wir sind alle unseren Weg gegangen und ich trauere den alten Zeiten nicht nach.«

»Offen gesagt haben wir nach der Feuerprobe alle den Turm verlassen. Sogar Conrado ist fort. Aus meiner Altersstufe ist nur noch Jonás da.«

Plötzlich hob Fenris den Kopf und nahm Witterung auf. Unwillkürlich bellte er kurz auf und Salamandra sah ihn unruhig an. Vor ihnen stand ein Wolf mit hellgrauem Fell, der Fenris ein wenig vorwurfsvoll ansah.

»Ah, Gaya«, sagte er und wandte sich dann wieder Salamandra zu. »Lass mich euch vorstellen. Gaya, das hier ist Salamandra, eine Freundin aus dem Turm.«

Die junge Magierin beobachtete nicht ohne eine gewisse Unruhe, wie der graue Wolf sich in eine Elfe von wilder Schönheit mit zerzaustem aschblondem Haar verwandelte. Genau wie Fenris war sie nackt und schien gerade aus dem tiefsten Wald zu kommen. »Sehr erfreut«, erwiderte sie mit rauer Stimme.

Fenris sah Salamandra ein wenig nervös an. »Salamandra, das ist Gaya, meine Lebensgefährtin«, erklärte er. In Salamandras Ohren klang es wie ein Todesurteil.

7

Wieder zu Hause

Dana machte an einer Wegbiegung halt und ihr Pferd wieherte ungeduldig. Wieder einmal vermisste die Turmherrin Mondstern, ihre treue Stute, die vor zwei Jahren gestorben war. Sie beruhigte das Tier und ließ den Blick über die Umgebung schweifen. Sie befand sich in einer Gegend mit sanften Hügeln und grünen Tälern, die mit Bauernhöfen gesprenkelt und von Feldern und Feldwegen durchzogen waren.

Seit über zwanzig Jahren war sie nicht mehr hier gewesen, aber es schien sich nichts verändert zu haben. Nichts, außer ihr selbst. Als sie diesen Weg das letzte Mal zurückgelegt hatte, war sie ein zehnjähriges Mädchen gewesen, das sich auf seinem neuen Pferd zu halten versucht hatte und dem Mann gefolgt war, der sie weit weg von ihrem Zuhause in ein abgelegenes, von Bergen umschlossenes Tal bringen sollte. Nun war sie eine reife Frau, eine mächtige Erzmagierin, die Turmherrin.

Warum bin ich nie zurückgekommen?, fragte sie

sich, während sie ihr Pferd wieder in Bewegung versetzte. *Was hat mich davon abgehalten?* Als sie vor dem Zaun eines Bauernhofs mit roten Dachziegeln anhielt, hatte sie noch keine Antwort auf diese Fragen gefunden.

Ein Mann kam herbei und begrüßte sie. »Kann ich Euch helfen, Herrin?«, fragte er.

Dana sah ihn an und lächelte. »Ich würde gerne die Besitzer dieses Hofs sehen, wenn das möglich ist«, antwortete sie.

Der Mann schüttelte den Kopf. »Mein Vater ist ins Dorf gegangen. Wenn ich etwas für Euch tun kann …«

Dana stieg behände vom Pferd ab und musterte ihn einen Moment. Er erwiderte den Blick unruhig. »Herrin …?«

»Oh, hör auf, mich so zu nennen. Als wir klein waren, hast du mich an den Zöpfen gezogen. Habe ich mich so verändert?«

Stirnrunzelnd betrachtete der Bauer sie ein wenig aufmerksamer. Plötzlich schien er sie wiederzuerkennen. »Du …«

»Was gibt es denn?«

Die beiden drehten sich zu der Person um, die gerade gesprochen hatte, eine kleine, energisch wirkende Frau mit grauem Haar. Ein wenig unsicher ging Dana auf sie zu. Die Frau erkannte sie sofort wieder, aber die Überraschung verschlug ihr einen Moment die Sprache. Die Turmherrin musste schlucken, bevor sie flüstern konnte: »Mutter.«

Hugo war sichtlich erleichtert, als er Salamandra zurückkommen sah. Sie machte ein ziemlich finsteres Gesicht, aber das war für den Abenteurer nichts Neues. »Gehen wir«, sagte sie, sobald sie bei ihren Gefährten angelangt war.

Hugo konnte der Versuchung nicht widerstehen, ein wenig zu sticheln. »Schade um die Felle«, seufzte er mit einem resignierten Blick auf die Wölfe um sie herum. »Die hätten eine Menge eingebracht.«

Salamandra starrte ihn fast hasserfüllt an. »Halt den Mund. Ich hab dir doch schon gesagt, dass wir nicht auf der Jagd sind.«

Mit spöttischer Miene zuckte Hugo die Schultern, aber sonst sagte keiner etwas. Auch wenn sie es nicht zugeben wollten – keiner von ihnen atmete auf, bis sie die Mulde mit diesen außergewöhnlichen Wölfen weit hinter sich gelassen hatten.

Auf dem Rückweg sagte Salamandra kein Wort. Sie reagierte auf keinen der Witze ihrer Gefährten und hing ihren eigenen Gedanken nach. Fenris hatte den Turm knapp zwei Monate bevor sie die Feuerprobe abgelegt hatte verlassen. Seither hatte Salamandra nur eins im Kopf gehabt: Die Prüfung bestehen, um eine anerkannte Magierin zu werden und sich auf die Suche nach ihm machen zu können. Seither waren drei Jahre vergangen, drei lange Jahre, in deren Verlauf Salamandra viele Abenteuer erlebt, aber niemals ihr Ziel vergessen hatte. Nun, da sie Fenris gefunden hatte und die Begegnung nicht so verlaufen war, wie sie es sich gewünscht hatte, war sie verwirrt und fühlte sich leer. Völlig leer.

Während Hugo begeistert vorschlug, das Elfenreich zu verlassen und im rauen Süden auf Abenteuer auszuziehen, fragte Salamandra sich, ob sie bei ihnen bleiben würde oder ob nun der Moment gekommen war, ihren eigenen Weg zu gehen – und zwar allein.

Von einer dunklen Ecke zur anderen huschend kehrte Iris lautlos in ihr Zimmer zurück. Sie war besorgt. Saevin hatte ihr erzählt, dass Dana und Kai fort waren und Jonás nun die Verantwortung im Turm übernommen hatte. Zu Jonás hatte sie zwar Vertrauen, aber sie hatte den Verdacht, dass der plötzliche Aufbruch der Turmherrin kein gutes Zeichen war. Sie wusste nicht mehr, ob es richtig gewesen war dazubleiben. Etwas drängte sie dazu, mit Jonás zu sprechen und ihm zu beichten, dass sie nicht gehorsam gewesen war und sich versteckt hatte, um den Turm nicht verlassen zu müssen. Aber sie wusste auch, dass der Magier sie dann zu den anderen schicken würde. Und diese Vorstellung erschreckte sie ebenfalls.

Sieh mal, das ist sie …

Iris blieb abrupt im Flur stehen. Sie war sich sicher, dass sie eine Stimme gehört hatte.

Was macht sie wohl hier?

Iris zuckte zusammen und begann zu zittern. »Ni… nichts«, flüsterte sie. »Ich …«

Sie sollte sich verstecken, stimmt's?

O ja, das sollte sie tun. Magier haben ihre Augen überall.

Iris drehte sich mit schreckgeweiteten Augen nach allen Seiten um. »Wer … wer ist da? Wer spricht da?«

Mit heftig klopfendem Herzen lauschte sie aufmerksam, hörte jedoch nichts mehr. Zutiefst erschrocken und immer noch zitternd schlich sie die Treppe hinauf. Sie bemerkte nicht Saevins Schatten, der sie mit einem berechnenden Funkeln in seinen gleichmütigen blauen Augen aus einer Ecke heraus beobachtete.

Es dämmerte bereits, als Dana die Scheune des Bauernhofs betrat. Sie hatte den ganzen Nachmittag mit ihrer Familie verbracht, auch wenn nur ihre Mutter sich wirklich über ihre Rückkehr zu freuen schien. Für ihren Vater und all ihre Geschwister war sie längst eine Fremde. Das Leben war ohne sie weitergegangen. Ihre älteren Geschwister hatten bereits große Kinder und die jüngeren erinnerten sich nicht mehr an sie.

Trotz allem hatten sie sie herzlich und höflich zum Abendessen eingeladen. Vor allem die Jüngsten brannten darauf, Geschichten von fernen Orten zu hören, auch wenn Dana ihnen wenig erzählen konnte. Alle wussten, dass sie weit fort gegangen war, ›zum Studieren‹, aber sie wussten nicht, welcher Art diese Studien waren. Dana erklärte es ihnen nicht. Aus Erfahrung wusste sie, dass einfache Leute Zauberer fürchteten und ihnen nicht über den Weg trauten.

»Was machst du denn jetzt, Dana?«, hatte ihre Mutter gefragt.

»Ich leite eine Schule«, vereinfachte sie.

»Eine Schule!«, rief eines der Mädchen, eine Nichte, die Dana gerade erst kennengelernt hatte. »Ich würde gern auf deine Schule gehen.«

Dana lächelte, aber eine ihrer Schwestern, die Mutter der Kleinen, widersprach: »Du musst auf dem Hof arbeiten, so wie alle deine Geschwister.«

Dana erinnerte sich daran, dass sie dies vor langer Zeit ebenfalls für ihr Schicksal gehalten hatte. Damals hatte sie sich sehr glücklich geschätzt, im Turm Zauberei studieren zu dürfen, doch nun musterte sie ihre Familie und war sich nicht mehr so sicher. Sie sah müde, von Wind und Sonne gegerbte Gesichter, Hände mit Schwielen vom Arbeiten, aber klare, ruhige, zufriedene Blicke. Offenbar war die Ernte gut gewesen. Sie fragte sich, wann sie einmal ein gutes Jahr gehabt hatte.

Die Fragen ihrer Geschwister brachten sie auf andere Gedanken. Ihre Brüder wollten wissen, wo sie nun lebte, ihre Schwestern fragten sie, warum sie noch nicht geheiratet hatte. »Es ist, als wäre es gestern gewesen, dass du dich in der Scheune unter dieser alten Decke verkrochen hast«, sagte eine.

Das Herz der Turmherrin begann heftig zu schlagen. »Ich würde gern heute Nacht dort schlafen«, murmelte sie. Ihre Mutter warf ihr einen seltsamen Blick zu, hatte jedoch nichts dagegen.

Dort stand sie nun, mitten in der Scheune, und hielt eine Laterne in die Höhe.

»Alle schlafen schon«, flüsterte ihr Shi-Maes Stimme ins Ohr. »Bist du sicher, dass du weißt, wo du suchen musst?«

Dana rief sich ferne Worte ins Gedächtnis: *Wenn du eines Tages nach Hause zurückkehrst …*

»Turmherrin, wir haben nicht viel Zeit.«

»Ist ja gut, ist ja gut.«

Dana hängte die Laterne an einen Haken und flüsterte eine Zauberformel. Dann hielt sie die Luft an. Sie musste nicht lange warten. Sogleich kam aus den hintersten Winkeln der Scheune ein halbes Dutzend kleiner Gestalten auf sie zugerannt. Es waren dunkel gekleidete Männchen, die keine Handbreit groß waren und kleine Hacken und Schaufeln hinter sich herschleiften.

»Du hast uns gerufen, Turmherrin?«, fragte einer von ihnen mit schriller Stimme.

»Ich brauche eure Hilfe«, flüsterte sie.

Das Männchen machte eine Verbeugung. »Wir Gräberkobolde stehen dir immer zu Diensten. Was sollen wir tun?«

Wenn du eines Tages nach Hause zurückkehrst und an der Westwand der Scheune unter dem Fenster gräbst … Dana erschauerte. Erinnerungen stürmten auf sie ein wie ein reißender Sturzbach und es fiel ihr schwer, in der Gegenwart zu bleiben. Sie zeigte ihnen die Stelle. »Ganz vorsichtig, bitte«, bat sie.

Die Männchen schienen gekränkt zu sein. »Wir Gräberkobolde sind immer vorsichtig.«

Während die Kobolde in schwindelerregendem Tempo gruben, schritt Dana den Schauplatz ihrer Kindheitserinnerungen ab. Er hatte sich nicht sehr verändert. Das Holz war gealtert und jenen Werkzeugschrank kannte sie noch nicht, aber ansonsten war alles wie früher. Sie strich über die alte Treppe, die in den oberen Teil führte und die sie als Kind so oft hinaufgestiegen war, und wurde ganz wehmütig. In all diesen Erinnerungen steckte nach wie vor er. Kai.

Aus allen Winkeln der Scheune kam ihr das Bild eines blonden, dünnen, lebhaften Jungen entgegen, der stets zu neuen Abenteuern aufgelegt war, immer mit einem Lächeln auf den Lippen und einem schelmischen Funkeln in den Augen. Sie waren zusammen aufgewachsen und häufig hatte Dana vergessen, dass sie die Einzige war, die ihn sehen konnte, und sie nie etwas anderes als Luft zu fassen bekommen hatte, wenn sie versucht hatte, ihn zu berühren. »Ich tue es für dich, mein lieber Freund«, flüsterte sie.

»Turmherrin!«, riefen die Gräberkobolde plötzlich.

Dana lief rasch zu ihnen. Innerhalb von Minuten hatten die sechs Zauberwesen eine Grube von beachtlichen Ausmaßen ausgehoben und zeigten stolz, was sie auf deren Grund gefunden hatten. Der Schmerz traf Dana mit der Wucht eines Hammers. Ihr zitterten die Beine und sie musste sich an der Wand abstützen. Sie wusste, was dort zum Vorschein kommen würde, und hatte geglaubt, darauf gefasst zu sein, aber in diesem Moment stellte sie fest, dass sie es nicht war und es auch nie sein würde.

Kais Stimme hallte aus den Tiefen ihrer Erinnerung in ihrem Kopf wider: *Wenn du eines Tages nach Hause zurückkehrst und an der Westwand der Scheune unter dem Fenster gräbst, findest du bestimmt meine Knochen. Wenn die Hunde sie nicht schon längst ausgescharrt haben.*

Auf dem Grund der Grube lag ein bleiches, zerschmettertes Skelett.

Fenris knurrte etwas und hüllte sich noch fester in den Umhang. Die Flammen des Lagerfeuers erhellten sein Elfengesicht, das von wirren, kupferroten Strähnen eingerahmt wurde. Seine bernsteingelben Augen hatten das wilde wölfische Funkeln noch nicht abgelegt.

Vorsichtig schnürte er das Säckchen auf, das er bei sich trug, und schüttete das goldene Pulver in die Flammen, die daraufhin noch höher in den mondlosen Himmel aufschossen. Fenris trat ein Stück zurück und beobachtete das Feuer. »Turmherrin«, knurrte er eher, als dass er sprach. Die Flammen zeigten ihm nicht das Bild, das er erwartet hatte. Ohne zu zögern, griff der Elf ins Feuer, um die Holzscheite zurechtzurücken.

»Ich bekomme eine Gänsehaut, wenn ich das sehe«, hörte er eine weibliche, aber tiefe und ein wenig raue Stimme. Hinter ihm tauchte Gayas Elfengesicht auf.

»Ich bin ein Magier«, versetzte Fenris. Die Flammen konnten ihm nichts anhaben.

»Der einzige Magier unter uns«, erwiderte sie. »Ich habe dich nie danach gefragt, aber vermutlich fiel es dir dadurch leichter als uns anderen, deine Verwandlungen unter Kontrolle zu bekommen.«

»Da täuschst du dich«, widersprach Fenris leise. »Es war trotzdem schwierig.« Missmutig schlug er mit der geballten Hand ins Leere. »Verflixt noch mal«, knurrte er. »Ich bekomme einfach keine Verbindung zu Dana. Irgendetwas stimmt da nicht.«

Gaya sah ihn durchdringend an. »Gehst du fort?«, fragte sie unverblümt. Fenris zögerte. »Du gehst fort«, sagte sie leise, als sie begriff.

»Ich weiß es noch nicht genau. Ich lebe nun schon eine ganze Zeit als Wolf. Es reizt mich nicht, wieder zu den Menschen oder zu den Elfen zurückzukehren, obwohl ich dank Königin Nawin in meiner Heimat nicht mehr geächtet bin. Aber von Dana habe ich dir ja schon erzählt. Wir sind Freunde. Sie hat mir geholfen, als ich extrem verwirrt und einsam war. Wenn sie mich jetzt braucht, kann ich sie nicht im Stich lassen.«

»Ich weiß«, stimmte Gaya zu. Sie schwieg einen Moment, bevor sie hinzufügte: »Vor dir sind schon andere fortgegangen und keiner ist zurückgekommen.«

»Ich komme aber wieder.«

»Das sagen alle, junger Mann.«

Fenris und Gaya hoben den Kopf und erblickten einen Elf, der genauso wild aussah wie sie beide. Er hatte weißes Haar und dunkle, durchdringende Augen. »Zor«, sagte Fenris überrascht. »Was hat dich dazu gebracht, deine Gestalt zu wechseln?«

»Du, Fenris.« Seine Stimme grollte knurrend. »Ich weiß noch, wie ich dich vor sieben Jahren das erste Mal gesehen habe. Ich hatte schon viel von dir gehört. Die Blätter der Bäume flüsterten, auf der anderen Seite des Meeres gebe es jemanden wie uns, jemanden, der außerdem die Gabe der Magie besitze. Deshalb gab ich meine Wolfsgestalt auf und versuchte, wie ein einigermaßen achtbarer Elf auszusehen. So überquerte ich das Meer und graste auf der Suche nach dir den ganzen Kontinent ab. Schließlich fand ich dich.«

Fenris erinnerte sich noch ganz genau an ihre erste Begegnung. Ein Rudel Wölfe hatte die Lehrlinge aus dem Turm angegriffen, Jonás, Salamandra, Nawin und Conrado, die so leichtsinnig gewesen waren, sich in ungewissen Zeiten in den Wald aufzumachen. Daraufhin hatte Fenris sich in einen Wolf verwandelt und sie gerettet. Und Zor wiederum hatte ihn gerettet. Anschließend war er so still und heimlich verschwunden, wie er gekommen war. Aber Fenris hatte diesen riesigen weißen Wolf nie vergessen und auch nicht dieses Gefühl, zum ersten Mal in seinem Leben jemandem begegnet zu sein, der war wie er selbst. »Du sagst, du hast extra das Meer überquert, um mich aufzuspüren? Das kann ich nicht glauben. Warum bist du dann ohne ein Wort verschwunden?«

»Weil ich dich gefunden hatte.« Zor warf ihm einen unergründlichen Blick zu. »Den Rest des Weges musstest du allein zurücklegen. Ich war mir sicher, dass du früher oder später zu uns stoßen würdest. Und das hast du auch getan, Fenris«, fuhr der Wolfself fort. »Denn alle, die wie wir sind, finden früher oder später zu uns.«

»Worauf willst du hinaus?«

»Wir sind Wolfselfen, ein knappes Dutzend im ganzen großen Elfenreich. Aber bei den Menschen sind unsere besonderen Eigenschaften weniger selten. Ich konnte sogar drei unterschiedliche Arten von Wolfsmenschen ausfindig machen. Allerdings sind sie auch dort gefürchtet und gehasst, genau wie die Wolfselfen. Denn wenn wir gelernt haben, die Verwandlungen bei Vollmond unter Kontrolle zu bekommen, sind wir längst zu Außenseitern geworden, weil der Rest der Welt Killerbestien in uns sieht. Deshalb fliehen wir und schließen uns in Gruppen zusammen an Orten, die nie jemand betreten hat. Aber du bist anders, Fenris.«

»Was willst du damit sagen?«

»Du hast einen Ort bei den Menschen gefunden. Du hast Freunde außerhalb unserer Gruppe.«

Fenris wollte etwas erwidern, schwieg dann jedoch und schüttelte den Kopf.

»Ich habe diese junge Menschenfrau gesehen, die

dich heute besucht hat. Sie hat dir nicht nur ihre Freundschaft angeboten, sondern auch ihre Liebe.«

Fenris vermied es, Gaya anzusehen.

»Ich weiß nicht, ob das damit zu tun hat, dass du unter Magiern gelebt hast, die an das Außerordentliche gewöhnt sind.«

»Mag sein«, erwiderte Fenris. »Auch Magier werden an vielen Orten der Welt gehasst und gefürchtet. Aber das bedeutet nicht, dass ich wie sie bin.«

»Du bist einer von ihnen, Fenris«, knurrte Zor, »ob du willst oder nicht. Aber du bist auch einer von uns. Deshalb akzeptieren wir es, wenn du gehst.«

Fenris warf dem Wolfselfen einen fragenden Blick zu.

»Wann brichst du auf?«, fragte Gaya.

Der Magier erhob sich mühsam, er musste sich erst wieder an den aufrechten Gang gewöhnen. Dann sah er seine Lebensgefährtin an und entdeckte in ihren Augen keinen Schmerz, sondern Gelassenheit und Gefasstheit. »Ich komme wieder, Gaya.«

»Wann brichst du auf?«, fragte sie noch einmal.

»Sobald ich so weit bin.«

Sie drehte sich wortlos um und verschwand im Unterholz. Fenris sah ihr nach und folgte ihr nach einem kurzen Moment des Zögerns.

»Das ist also alles, was von Kais Körper übrig ist«, flüsterte ihr Shi-Maes Stimme ins Ohr.

Dana ignorierte sie und konzentrierte sich auf den

einfachen Schrumpfzauber, den sie auf das Skelett anwandte. Als es nicht mehr größer war als das Knochengerüst einer Maus, zog die Erzmagierin ein kleines Kästchen aus ihrer Tunika und klappte es auf. Mit einer neuen Zauberformel ließ sie Kais Überreste langsam emporschweben, bis sie im Kästchen lagen. Dann klappte Dana es zu und nahm es mit einem Schauder an sich.

»Turmherrin, da kommt jemand«, warnte Shi-Mae.

Dana hatte bereits einen schwachen Lichtschein bemerkt. Sie drehte sich um und sah die gebeugte Gestalt ihrer Mutter, die mit einer Öllampe in der Hand eintrat. »Was ist los, Dana?«, fragte sie.

Die Turmherrin warf einen Blick in die Grube. Die Gräberkobolde waren verschwunden, aber das Loch war noch da.

»Darf man erfahren, was du da tust, Kind?«

»Ich bringe es wieder in Ordnung«, antwortete sie sanft. Ihr war eigenartig zumute. Sie hatte seit Jahren nicht mehr an ihre Familie gedacht. Es war eine seltsame Vorstellung, dass sie, die mächtige Erzmagierin und Turmherrin, von diesem bescheidenen Bauernhof stammte. Dass diese kleine, schmächtige Frau mit dem grauen Haar und dem resoluten Blick ihre Mutter war.

Die Bäuerin sah sie ernst an. Einen Moment lang erinnerte sie Dana an Maritta, die Zwergenköchin im Turm, die ihre beste Freundin gewesen und vor einigen Jahren gestorben war.

»Es ist, als wäre es gestern gewesen, dass dieser Mann kam …«, seufzte die Frau.

Dana erschauerte unwillkürlich. Ihre Mutter meinte den Meister, den Mann, der sie von ihrer Familie getrennt, in den Turm mitgenommen und ihr die Kenntnis und den Umgang mit der Magie nahegebracht hatte.

»Er sagte uns, er würde dir eine Ausbildung ermöglichen und das wäre besser für dich«, fuhr sie fort. »Wir willigten ein. Ich sehe dich noch vor mir, wie du fort bist, mein Mädchen, so klein auf diesem großen Pferd. Seither habe ich mich oft gefragt, ob es richtig war …«

Dana lächelte leise, gerührt von der Zärtlichkeit, die in der Stimme ihrer Mutter lag. Der Meister war kein guter Mensch gewesen. Er hatte versucht, Danas Macht für seine eigenen Ziele zu benutzen, und hätte sie beinahe getötet. Aber er hatte ihr den Weg zur Magie gezeigt. »Ja, es war richtig«, sagte sie zu ihrer Mutter. »Endlich weiß ich, wo ich hingehöre.«

Die Bäuerin lächelte und ihr Gesicht überzog sich mit Falten. Plötzlich blieb ihr Blick an etwas hängen, das auf Danas Brust ruhte. Es handelte sich um einen silbernen Anhänger, eine Mondsichel, zwischen deren Spitzen ein Stern hing. Diesen Anhänger hatte sie ihrer Tochter am Tag des Aufbruchs vor so langer Zeit gegeben.

Dana folgte dem Blick ihrer Mutter. »Den trage ich immer, Mutter. Er ist mein Glücksbringer.«

»Er hat keine Zauberkraft, Kind«, widersprach sie und sah ihr in die Augen.

Dana zuckte zusammen. *Sie weiß es,* dachte sie. *Sie weiß es und es macht ihr nichts aus, sie fürchtet sich nicht vor mir.* »Für mich ist er wertvoller als aller Zauberschmuck der Welt«, flüsterte sie.

Nach über zwanzig Jahren schlossen sich Mutter und Tochter liebevoll in die Arme.

Iris hockte zitternd in ihrem Versteck und versuchte, sich einzureden, sie hätte sich die geheimnisvollen Stimmen nur eingebildet. Allerdings hatte sie sie zu deutlich gehört, um sie zu ignorieren.

Vor ihr kannst du dich verstecken, aber nicht vor uns.

Komm, wir brauchen dich.

Komm herauf, wir warten auf dich.

Hör zu …

Iris stöhnte und hielt sich die Ohren zu, aber die Stimmen erklangen weiter tief in ihrem Inneren …

8

Die Tür

Der Wolf blickte zum sternenübersäten Himmel auf und starrte den Mond an. Er nahm Witterung auf und heulte. Gleichsam als Antwort auf seinen Ruf schoss eine Art Flamme über das Firmament. Einen Moment lang blickte er dem nach, was über den Wald hinwegflog, kletterte mit einem leisen, zustimmenden Knurren vom Hügel herab und verschwand wieder im Unterholz.

Salamandra und ihr Trupp hatten es auch gesehen. »Teufel noch mal!«, rief Fabius. »Was war denn das?«

Die Magierin war aufgesprungen und hatte sich ein wenig vom Lagerfeuer entfernt, um den seltsamen goldenen Blitz am Himmel besser zu sehen.

»Du weißt doch sonst so viel«, hörte sie Hugos Stimme hinter sich. »Also sag schon, was ist das?«

Salamandra ließ sich Zeit mit der Antwort. Die geflügelte Flamme schoss davon. Sie blieb unschlüssig stehen und grübelte darüber, was diese Erscheinung an diesem Ort zu bedeuten hatte.

»Salamandra …?«

Sie nahm wieder von ihrer Umwelt Notiz, drehte sich jedoch nicht nach Hugo um. »Es ist ein Drache«, erklärte sie halblaut.

»Ein Drache?«, schnaubte Hugo. »Der sah aus, als wäre er aus purem Gold. He, Leute!«, rief er. »Kommt ihr mit Salamandra und mir?«

»Wohin denn?«

»Auf die Jagd nach der größten Beute, die uns jemals über den Weg gelaufen ist! Jede Schuppe dieses Viechs muss ein Vermögen wert sein …«

»Ruhe!«, brach es aus Salamandra heraus. »Niemand rührt diesen Drachen an.«

»Warum denn nicht? Was hast du denn jetzt wieder?«

Sie holte tief Luft. »Weil ich ihn kenne.« Sie schwieg einen Moment, bevor sie hinzufügte: »Das ist ein Freund von mir.«

Hugo schnaubte leise. »Du hast wirklich seltsame Freunde, Salamandra, wusstest du das?«

»Sie ist eine verdammte ›rote Tunika‹«, stöhnte Eric. »Es musste ja so kommen.«

»Ist gut, ich erkläre es euch in einer Sprache, die ihr versteht«, sagte Salamandra ein wenig genervt. »Das ist Kai, der Drache der Turmherrin, einer der mächtigsten Erzmagierinnen der sieben Reiche. Ich bin mir sicher, sie wäre alles andere als begeistert, wenn eine lausige Bande von Söldnern ihn mit ihren Schwertern pieksen würde, kapiert?«

Hugo machte den Mund auf, um etwas zu erwidern, blieb jedoch stumm.

»Na also«, sagte Salamandra. »Ich habe eine wichtige Angelegenheit zu erledigen. Ihr könnt abhauen oder hier auf mich warten, das ist mir egal. Wie auch immer, viel Glück.«

Hugo reagierte als Erster. »Warte, Salamandra …!« Aber die Magierin war schon verschwunden. Sie hatte sich in Luft aufgelöst. »Verdammte ›rote Tunika‹!«, fluchte der Abenteurer.

Kai flog immer weiter in Richtung Norden, war jedoch zu erschöpft, um auf das kleine Lager zu achten, das er gerade überflogen hatte. Er war schon einen Tag und eine Nacht unterwegs und wusste nicht recht, wo er hinmusste. Nachts sah der Wald überall gleich aus.

Er schnaubte sanft und bemühte sich, wach zu bleiben. Er hatte keinen einzigen Halt gemacht und seine Flügel extrem belastet, um das Meer möglichst rasch zu überqueren. Als er vor sich einen Lichtschein sah, begriff er deshalb nicht gleich, was los war.

Vor ihm schwebte am Nachthimmel das leuchtende Bild eines Wolfs. Kai unterdrückte ein Gähnen und lächelte. In der Nähe entdeckte er eine große Lichtung und steuerte darauf zu. Als er die Flügel zusammenfaltete, schien jede Faser seines Körpers aufzuatmen.

Dennoch ließ er sich nicht von der Müdigkeit übermannen. Er sah sich nach allen Seiten suchend nach demjenigen um, der dieses leuchtende Zeichen am Himmel hinterlassen hatte.

Schließlich konnte er im Schein des Mondes eine große, schlanke, ein wenig gekrümmte Gestalt erkennen, die in einer roten Tunika auf ihn zukam.

»Hallo Kai«, begrüßte ihn eine Stimme, die einmal melodiös gewesen war, nun jedoch tief und ein wenig rau klang. »Was führt dich hierher?«

»Fenris? Meine Güte, du stinkst aber nach Wolf.«

»Das nehme ich jetzt nicht als Beleidigung«, erwiderte der Magier. Er sprach eine Zauberformel aus. Es war ein Schnalzen zu hören und plötzlich erhellte eine kleine Feuerkugel, die über ihren Köpfen in der Luft schwebte, die Lichtung. Beide musterten sich.

»Du hast dich ein wenig verändert«, bemerkte der Drache.

»Lass uns irgendwann anders darüber sprechen, das ist eine lange Geschichte. Du bringst vermutlich Neuigkeiten, oder?«

»Genau.« Er runzelte die Stirn und nahm Witterung auf. »Wer ist da bei dir?«

Fenris schnellte herum. Genau in diesem Moment erkannten beide eine weitere Gestalt in Rot, die aus der Dunkelheit auf sie zukam.

»Salamandra?«, fragte Kai unsicher.

»Salamandra!«, rief Fenris mit einem Knurren.

»Hallo Jungs«, sagte sie strahlend.

Dana drehte sich nur kurz auf dem Rücken ihres Pferdes um, um einen letzten Blick auf den Bauernhof zu werfen. Es war noch dunkel. Sie machte sich nicht gern mitten in der Nacht auf den Weg, ohne sich von den anderen zu verabschieden, aber die Zeit drängte und sie konnte nicht bis zum Morgen warten. Nur eine Person wusste, dass sie aufbrach, und sie war an die Tür gekommen, um sich zu verabschieden. »Lebe wohl, Mutter«, sagte die Turmherrin. Sie stieß ihrem Pferd die Fersen in die Flanken und verschwand in der Dunkelheit.

»Ich glaube, allmählich wird mir einiges klar«, sagte Fenris. Die drei hatten sich um ein Lagerfeuer geschart, das von Salamandras Feuermagie gespeist wurde. »Einer wird verraten werden … Alles deutet auf Nawin, oder? Einer wird vom Bösen in Versuchung geführt werden …«

»Vielleicht Saevin«, schlug Kai vor. »Er ist mir nicht geheuer. Er hat viel Macht, aber er ist noch sehr jung und braucht einen Mentor. Man müsste also sehen, für wen er sich entscheidet.«

»Einer wird sich auf eine gefährliche Reise begeben … Ich fürchte, ich weiß nicht, wer da gemeint ist. Einer wird in seinem eigenen Feuer verbrennen …« Er vermied es, Salamandra anzusehen, aber sie fühlte sich trotzdem angesprochen.

»Okay, ja, ich weiß. Was noch?«

»Einer wird den Ruf der Toten vernehmen«, fuhr

Kai fort. »Das bezieht sich ganz offensichtlich auf Dana.«

»Ganz klar, ja«, stimmte Fenris zu. »Und jetzt kommen wir zu dem, was uns interessiert: Einer wird die Tür öffnen.«

»Welche Tür ist da gemeint?«, fragte Salamandra.

»Die Tür zwischen der Welt der Lebenden und dem Totenreich natürlich«, antwortete Kai. »Aber wer könnte das tun?«

Salamandra zögerte einen Moment, bevor sie leise fragte: »Erinnert ihr euch an Conrado?«

»Conrado?«, wiederholte Fenris und kniff die Augen zusammen. »Dieser fleißige Junge, der bei euch war, als …?«

»Ja, er gehörte zu unserer Altersstufe. Er hätte beinahe die Tür zum Schattenlabyrinth aufbekommen, weißt du noch? Und er machte die Tür auf, die Shi-Mae mitgebracht hatte, damit Kai …«

»… damit ich hindurchschlüpfen und mit den Geistern sprechen konnte«, führte der Drache den Satz fort. »Ja, ich weiß noch. Was ist dann aus Conrado geworden?«

»Tja, Türen und Öffnungen zwischen den Dimensionen haben ihn schon damals interessiert. Er war der Älteste von uns allen, Nawin natürlich ausgenommen. Er hat die Feuerprobe als Erster abgelegt. Dann verließ er den Turm, und soweit ich weiß, lebt er zurückgezogen und studiert weiter.«

Fenris konnte sich ein Lächeln nicht verkneifen. »Typisch.«

»Ich bin mir sicher, dass niemand mehr über Türen weiß als er. Ich …«, Salamandra zögerte erneut. »Ich weiß, wo er wohnt. Wir könnten ihn um Rat fragen …«

»… und würden ihm damit einen Grund liefern, in den Turm zurückzukehren, wenn der Moment eintritt«, schlussfolgerte Fenris streng. »Das finde ich keine gute Idee. Was besagt die Prophezeiung denn sonst noch?«

»Der Jüngste wird seine Lebensenergie opfern oder so ähnlich. Wer ist ›der Jüngste‹?«

»Die Jüngste im Turm ist ein Mädchen namens Iris«, antwortete Kai. »Ich glaube, sie ist noch keine zwölf. Aber Jonás hat sie zusammen mit den übrigen Lehrlingen in eine andere Schule geschickt.«

»Hm«, erwiderte Fenris. »Vielleicht kann die Prophezeiung letztendlich doch verhindert werden. Wie war das? … Einer wird seinen wahren Körper zurückbekommen …«

Beide vermieden es, Kai anzusehen. Der Drache holte tief Luft. »Deswegen ist Dana gegangen«, flüsterte er.

»Bringt sie das denn fertig?«, fragte Salamandra. »Kann sie erreichen, dass du deinen Körper wiederbekommst?«

Kai blickte Fenris fragend an. »Vielleicht«, erwiderte dieser zögernd. »Als wir uns näher damit befasst haben, kamen wir zu dem Schluss, dass man die Toten durchaus wieder auferstehen lassen kann. Aber sie werden zu ziemlich unangenehmen Geschöpfen, Zombies eben. Wenn einer dieser Zauber allerdings in dem Moment ausgeführt würde, in dem die Grenze zwischen Leben und Tod durchlässiger wird, könnte es klappen.«

»Könnte?«

»Nein, verflixt noch mal, ich bin mir sicher, dass es klappen würde«, knurrte Fenris. »Dana braucht nur einen Teil von Kais echtem Körper …«

Salamandra sah Kai fragend an. Der Drache runzelte die Stirn. »Mein Körper liegt auf dem Bauernhof begraben, auf dem Dana zur Welt kam«, erklärte er. »Glaubt ihr, sie ist dorthin gegangen?«

»Ziemlich sicher«, antwortete Fenris und sah ihn ernst an. »Würdest du dorthin zurückfinden?«

»Ja.« Ungeduldig breitete er die Flügel aus. »Wann brechen wir auf?«

»Moment noch«, unterbrach Salamandra. »Die Prophezeiung geht noch weiter. Einer wird seine Rache erfüllt sehen … Wer will sich rächen?«

»Zweifellos der Meister«, antworteten Fenris und Kai wie aus einem Mund.

»Schon wieder der Meister?« Salamandra runzelte die Stirn. Fenris und Dana hatten vor langer Zeit gegen ihren Meister rebelliert, und die Gebote der Magier besagten, dass er in diesem Fall das Recht hatte, sich an ihnen zu rächen, auch nach seinem Tod. »Aber wir haben ihn bereits besiegt, oder?«

»Sogar schon zwei Mal«, antwortete Fenris verdrossen. »Nur kann man niemanden umbringen, der längst tot ist, oder? Und Kai hat uns gezeigt, dass die Bewohner des Jenseits so real sind wie du und ich.«

»Wie auch immer, wenn er sich rächen wollte, hätte er leichtes Spiel, wenn der Moment eintritt«, überlegte Salamandra. »Also, wenn ich richtig verstanden habe, gibt es jemanden, der sehr daran interessiert ist, diese Tür zu öffnen, wenn es so weit ist. Aber eins verstehe ich nicht. Shi-Mae hatte eine Tür und Conrado hat sie ohne Probleme geöffnet ...«

»Das stimmt nicht ganz«, widersprach Fenris. »Diese Tür hat es Shi-Mae lediglich ermöglicht, mit dem Jenseits in Verbindung zu treten. Es war vielleicht eher ein Fenster als eine Tür. Aber wenn der Moment da ist, wäre es relativ einfach, sie ganz aufzustoßen und das Überwechseln von einer Seite auf die andere zu ermöglichen. Sogar das Überwechseln vieler Leute gleichzeitig.«

Salamandra erschauerte. »In Momenten wie diesem wünsche ich mir, nicht so eine blühende Fantasie zu haben«, erklärte sie. »Denn ich nehme an, du redest von ganzen Heerscharen von Bewohnern des Jenseits, die massenhaft durch die Tür drängen ...«

»Genau«, flüsterte Kai. »Ich war dort, ich weiß, wie allen zumute ist. Man kann im Jenseits glücklich sein, wenn einen das Leben nicht ruft und einen wie ein Magnet anzieht. Die Weisesten wissen, dass

Leben und Tod keinen Gegensatz bilden, sondern sich ergänzen. Aber viele auf beiden Seiten der Grenze vergessen das. Die Toten sehnen sich ins Leben zurück und die Lebenden suchen die Unsterblichkeit.«

»... damit der Letzte durch die Tür geht und die Unsterblichkeit erlangt«, erinnerte sich Salamandra. »Wer will denn unsterblich werden? Wer fehlt uns in der Liste der Prophezeiung?«

Fenris schüttelte den Kopf. »Das könnte jeder sein. In letzter Zeit haben sich viele im Turm aufgehalten, Salamandra.«

Es trat ein kurzes Schweigen ein. Salamandra hatte absichtlich den Teil der Prophezeiung ausgelassen, der sich auf den bezog, der unter entsetzlichen Qualen sterben würde, und weder Kai noch Fenris schienen sich daran erinnern zu wollen. Es war der Drache, der das Schweigen brach. »Ich will zum Bauernhof, um Dana zu suchen«, erklärte er. »Wer kommt mit?«

Fenris und Salamandra tauschten einen Blick. »Ich«, knurrte der Magier. »Salamandra, halt dich möglichst aus dieser ganzen Geschichte raus.«

»Machst du Witze? Ich habe keine Angst vor Prophezeiungen. Ich glaube an meine Macht, mein Schicksal zu steuern.«

»Ich wusste, dass du das sagen würdest. Was hast du vor?«

»Ich weiß, dass du es nicht gut finden wirst, Fenris,

aber ich glaube, wir sollten Conrado einschalten. Bestimmt hat er schon erfahren, dass der Moment bevorsteht. Vielleicht sollten wir sichergehen, dass er die Tür nicht aus Versehen öffnet.«

Fenris bedachte diesen neuen Aspekt. »Du hast recht, auch wenn mir die ganze Sache nicht gefällt. Die Vorstellung, dass Dana etwas dafür tut, dass die Prophezeiung in Erfüllung geht, ist schon beunruhigend genug. Und so leid es mir tut, Kai, aber ich habe nicht vor, ihr zu helfen.«

»Ich bin ganz deiner Meinung«, pflichtete er bei.

»Also, ihr wisst ja, ich glaube nicht ans Schicksal«, erklärte Salamandra. »Vielleicht ist die Prophezeiung nicht mehr als eine Reihe von Hinweisen darauf, was geschehen könnte. Wir sollten darauf hinwirken, dass die guten Dinge in Erfüllung gehen, und die schlechten zu verhindern versuchen.«

»Ja, ich vermute, genau das glaubt Dana auch«, seufzte Fenris. »Das Problem ist, Salamandra, dass wir nicht wissen, wie viel Einfluss wir bei dieser ganzen Sache haben.«

»Jedenfalls«, mischte sich Kai ein und richtete seine grünen Augen auf die beiden, »drängt die Zeit.«

Dana kniete sich vorsichtig neben die Quelle und hielt das Fläschchen ins Wasser. Im Nu füllte die kristallklare Flüssigkeit das Behältnis. Die Erzmagierin zog es zurück und hielt es gegen das Licht der aufgehenden Sonne. »Lebenswasser«, flüsterte sie.

Sie seufzte erschöpft. Es war nicht einfach gewesen, sich Zugang zur mythischen Quelle des Lebenswassers zu verschaffen, die im tiefsten Wald von den wildesten Geistern bewacht wurde. Dana und Shi-Mae hatten die ganze Nacht gebraucht, um sich durchs Unterholz zu arbeiten, und die mächtige Zauberin wäre einmal beinahe verschluckt worden. Doch nun hatte sie ihre Belohnung, in diesem kleinen Glasbehälter. Sie wandte sich Shi-Mae zu. Der Geist der Elfen-Erzmagierin wartete stumm neben ihr. »Was kommt als Nächstes?«

»Das weißt du ganz genau«, antwortete Shi-Mae: »Phönixblut.«

Dana erschauerte. »Phönixblut, um ins Leben zurückzukehren«, flüsterte sie.

»Und das ist leider nichts, was ein Magier in seinem Vorratsschrank stapelt. Phönixblut verliert seine Eigenschaften, wenn es nicht innerhalb von sieben Stunden verwendet wird …« Dana seufzte. Shi-Mae zuckte mit den Schultern. »Niemand hat behauptet, es würde leicht werden.«

Dana hob den Kopf, um den Wasserfall zu betrachten, über dem sich ein Regenbogen spannte. »Dann sollten wir uns beeilen«, erwiderte sie. »Ich will rechtzeitig im Turm zurück sein, bevor der Moment eintritt. Ich muss ständig daran denken, dass ich Kai und Saevin allein gelassen habe. Sag mir, Shi-Mae, wo kann ich einen Phönix finden?«

Shi-Maes Augen blitzten kurz auf. »Es gibt einen

Magier, der am äußersten Ende dieses Kontinents lebt, im Westen, in den Nebelbergen«, flüsterte sie. »Er besitzt einen Phönix.«

Misstrauisch wandte Dana sich ihr zu. »Woher weißt du das?«

»Ich weiß es eben. Und du weißt, dass ich dich nicht anlüge.«

»Das stimmt, du lügst mich nicht an, das sehe ich an deiner Aura. Aber du sagst mir auch nicht die ganze Wahrheit. Wer ist dieser Magier?«

»Es ist …« Shi-Mae zögerte. »Es ist ein Schwarzmagier, Turmherrin.«

Dana nickte nachdenklich. Schwarzmagier waren diejenigen, die auf unkonventionellen Wegen zu großer Macht gelangt waren. Der Magierrat erkannte sie nicht offiziell als Zauberer an, dabei waren manche von ihnen sogar mächtiger als die Erzmagier. »Ich verstehe. Du willst aus irgendeinem Grund zu ihm. Deshalb hast du mich gebeten, dich an mich zu binden, stimmt's? Weil du wusstest, dass ich ihn früher oder später würde aufsuchen müssen, wenn ich mich auf deinen Vorschlag einlasse …«

»Das streite ich nicht ab, Dana. Aber meine Gründe sind persönlicher Natur und haben nichts mit dir oder deinem Elfenfreund zu tun.«

»Ist gut«, seufzte Dana. »Wäre dein Schwarzmagier bereit, uns seinen Phönix zu überlassen?«

»Fragen kostet nichts.«

Die Turmherrin steckte das Fläschchen zu dem Kästchen mit Kais Überresten und wandte sich Shi-Mae zu. »In den Nebelbergen, hast du gesagt?«

Warum kommst du uns nicht besuchen, Iris?

Das solltest du tun. Wir würden uns freuen, wenn wir Besuch bekämen.

Außerdem bist du auch allein, oder?

Komm da raus, Kleine. Steig die Treppe hinauf ...

Iris stöhnte und krümmte sich zusammen. Sie wusste nicht, wie lange sie diese unheimlichen, unbekannten Stimmen noch ertragen würde. Plötzlich hörte sie Schritte im Flur und begriff, dass es sich um Jonás handelte, denn Saevin machte beim Gehen normalerweise keine Geräusche.

Genau, Kleine, sei ganz still ...

Sag jetzt nichts ...

Iris unterdrückte ein Stöhnen.

Jonás blieb ruckartig im Flur stehen. War da nicht ein Geräusch gewesen? Er drehte sich argwöhnisch nach allen Seiten um und fragte sich, ob Saevin ihm vielleicht vom Speisesaal aus gefolgt war, wo beide gerade gefrühstückt hatten. Doch das konnte kaum sein. Er war in der Bibliothek geblieben, da war er sich sicher. Jonás seufzte und rieb sich müde die Augen. Seine Nerven spielten ihm einen Streich. Diese ganze Sache mit Saevin und der Prophezeiung, seine Begegnung mit Salamandra, Danas plötzlicher Aufbruch ...

Wir machen es richtig, sagte er sich zum x-ten Mal. *Der Moment wird bald eintreten, vielleicht schon morgen, und wir sind hier nur zu zweit.* In seine Gedanken vertieft ging er weiter den Flur entlang.

Kai lag am Fuß der Berge im Gras und döste. Er war sich ziemlich sicher, dass er sich gut versteckt hatte, aber vorsichtshalber hielt er seinen sechsten Sinn wach. Und dieser signalisierte ihm Fenris' Eintreffen. Träge öffnete der Drache ein Auge. Ein riesiger rotbrauner Wolf kam von Fels zu Fels auf ihn zugesprungen. »Und?«, fragte Kai.

»Ich war auf dem Bauernhof«, knurrte der Wolf. »Ich habe Danas Geruch gewittert, aber nur ganz schwach. Sie ist nicht mehr dort.«

Kai schloss kurz die Augen. »Das habe ich mir gedacht«, erwiderte er nur.

»Da ist noch etwas. Ich habe noch einen anderen Geruch gewittert, der mir bekannt vorkam. Ich glaube, sie ist nicht allein, Kai.«

»Was willst du damit sagen? Wer ist bei ihr?«

»Ich weiß es nicht genau, aber derjenige ist mit Sicherheit nicht von dieser Welt.«

Kai reagierte nicht sofort. Er ließ seinen Blick über die Berge und die Landschaft schweifen. »Hier bin ich zur Welt gekommen und aufgewachsen, Fenris«, flüsterte er. »Und hier bin ich auch gestorben, irgendwo in diesen Bergen. Mit sechzehn Jahren.«

»Ich weiß«, erwiderte der Wolf.

»Und hier bin ich als Geist in diese Welt zurückgekehrt, um mich um Dana zu kümmern. Ich habe gesehen, wie sie geboren wurde, heranwuchs, ich habe miterlebt, wie sie das Leben lebte, das mir entrissen worden war. Es fällt mir schwer, zu glauben, dass sie mich jetzt meidet.«

»Aber sie tut es ironischerweise für dich, Kai.«

»Ich weiß. Aber ich bin mir nicht sicher, ob es eine gute Idee ist.« Mit einem entschlossenen Funkeln in seinen grünen Augen wandte er sich seinem Freund zu. »Verwandle dich, wir müssen sie so schnell wie möglich finden.«

Kai wartete, während Fenris' Wolfskörper wieder die elegante Gestalt eines jungen Elfenzauberers annahm. »Ich hoffe, wir holen sie an der Quelle des Lebenswassers ein«, sagte der Magier. »Sonst ...« Er sprach den Satz nicht zu Ende. Es war nicht nötig.

Iris ertrug es nicht länger. Sie musste hinaufgehen, sie musste diesen Stimmen folgen und endlich herausfinden, was sie von ihr wollten. Sie musste es tun, sonst würde sie bald verrückt werden. Langsam, vorsichtig verließ sie das Zimmer und trat in den Flur. Sie entdeckte niemanden, weder Jonás noch Saevin. Sie schlich sich bis zur Wendeltreppe ...

Gut so, Kleine ...

Steig hinauf ...

... und begann, die Stufen hinaufzusteigen, eine nach der anderen.

Genau in diesem Moment hielten in einem der abgelegensten Räume des Schlosses der Elfenkönigin zwei Personen ein geheimes Treffen ab. Eine von ihnen war der Großherzog, Königin Nawins rechte Hand, die andere ein Abgesandter des geheimnisvollsten und unbekanntesten Teils des Elfenadels, des Hauses der Nebelelfen, denen geheimnisvolle Kräfte sowie grenzenlose Grausamkeit und Erbarmungslosigkeit nachgesagt wurden. Die Mörder, die der Königin vor einiger Zeit nach dem Leben getrachtet hatten, waren größtenteils Nebelelfen gewesen.

»Habt Ihr die Information bekommen?«, flüsterte der Großherzog.

»Ja«, antwortete der andere genauso leise. »Wir haben uns mit dem Haus vom Fluss, dem Haus vom Tal und dem Haus vom tiefen Wald in Verbindung gesetzt. Alle wollen sich uns anschließen.«

Der Großherzog nickte. »Großartig. Damit haben wir im Elfenadel die Mehrheit und können Ordnung schaffen. Endlich machen wir dieser ganzen Farce und Unsicherheit ein Ende.«

Sein Gesprächspartner senkte den Kopf. »Herr, es gibt Gerüchte, die Königin hätte Verdacht geschöpft …«

Der Großherzog sah sich nervös nach allen Seiten um. »Schon möglich. Sie ist eine große Magierin und die Wände haben Ohren, wie es bei den Menschen heißt. Doch davon dürfen wir uns nicht aufhalten lassen. Wir schmieden schon seit geraumer Zeit an diesem Plan. Jetzt, da alles eingefädelt ist, darf nichts schiefgehen.« Leise und vorsichtig verließen die beiden Personen den Raum. Sie ließen ein scheinbar leeres Zimmer zurück …

Kurz darauf löste sich ein Stück Wand mit ungewöhnlicher Oberfläche vom Rest und nahm nach und nach die Gestalt der jungen Königin Nawin an. Sie hatte den Mimesezauber vor vielen Jahren aus dem Buch der Erde gelernt, einen Zauber, der von anderen Magiern kaum beachtet wurde, den die Königin jedoch überaus nützlich fand, um an einem Hof voller Intrigen zu überleben. Keiner der beiden Verschwörer hatte auch nur einen Moment lang ihre Anwesenheit im Raum bemerkt.

Nachdenklich knabberte Nawin an ihrer Unterlippe. Sie hatte dem Großherzog so weit vertraut, wie ihre Situation es zuließ. Nun stellte sich als richtig heraus, was sie schon seit einiger Zeit argwöhnte: Sogar er hatte sie verraten. Sie war allein.

Sie musste an Jonás' Besuch vor wenigen Tagen denken und an das, was er ihr über die Prophezeiung des Orakels erzählt hatte. Aber sie hatte keine Wahl. Es war ein Anschlag auf ihr Leben geplant und es gab nur einen Ort, an dem sie sich sicher fühlen konnte. Mit einem Seufzer nahm sie wieder das Aussehen der Wand an. So schlich sie kaum wahrnehmbar aus dem Raum, immer an die Steinwand gedrückt.

Von den Stimmen geführt gelangte Iris bis in die Spitze des Turms. Dort gab es vier Türen, das wusste sie. Aber zu ihrer Überraschung stand die vierte Tür, die sonst immer verschlossen war, sperrangelweit offen (*Zögere nicht, geh hinein,* sagten die Stimmen). Von ihnen ermuntert betrat Iris den Raum. Ihr Blick wanderte direkt zu einem flachen, hohen, ovalen Gegenstand, der an der gegenüberliegenden Wand stand und mit einem Stück blauem Samt abgedeckt war *(Geh hin, mach schon)*. Iris überlegte nicht lange. Sie ging ans andere Ende des Zimmers *(Komm, Kleine, komm)* und zog mit einer schnellen, ruckartigen Bewegung das Tuch fort. Der Gegenstand, den es bedeckt hatte, war ein Spiegel.

Jonás hielt sich in seinem Studierzimmer auf, hörte jedoch klar und deutlich den Aufschrei des Mädchens aus dem oberen Teil des Turms.

9

In Trance

Salamandra blieb vor einem ziemlich seltsamen Gebäude stehen. Es war ein niedriges Haus mit einem windschiefen Türmchen auf einer Seite, aus dessen Kamin weiße Rauchsäulen zum rötlichen Abendhimmel aufstiegen. Ein vergessenes Türmchen zwischen klobigen Felsen und stachligen Sträuchern. Conrados Zuhause.

Conrado hatte dem Tal der Wölfe vor mehreren Jahren den Rücken gekehrt, aber Salamandra hatte den schüchternen, fleißigen Jungen, der einen immer wieder in Erstaunen versetzte, nicht vergessen. Sie musste unwillkürlich lächeln, während sie auf die Tür zuging. Doch bevor sie zum Anklopfen kam, schwang diese sperrangelweit auf. *Willkommen,* vernahm sie eine telepathische Stimme. *Komm herauf, ich bin oben.*

Nun doch überrascht, stieg Salamandra die schiefe, steile Wendeltreppe bis zu dem Raum in der Turmspitze hinauf. Auch dessen Tür stand offen. Ein wenig schüchtern steckte Salamandra den Kopf hindurch und bekam ein ziemlich großes Zimmer zu Gesicht, in dem ein fröhliches Kaminfeuer prasselte. Die Wände verschwanden hinter Regalen voller Bücher und losen Blättern. Ein kleines Fenster ließ die letzten Strahlen der Abendsonne herein. In der Mitte des Raumes, in den Papieren wühlend, die sich auf einem alten Eichentisch stapelten, stand Conrado. »Einen Moment, ich bin gleich bei dir«, sagte er.

Salamandra beobachtete ihren Freund mit einer gewissen Neugierde. Conrado hatte sich nicht sehr verändert. Genau wie sie selbst und wie Jonás hatte er seine Lehrlingstunika gegen eine rote Tunika vertauscht, sobald er die Feuerprobe bestanden hatte. Die letzten kindlichen Züge waren endgültig aus seinem Gesicht verschwunden, aber er war immer noch schlank und schlaksig und wirkte so konfus, dass man nicht darauf kam, was in ihm steckte: ein Kopf, der wie geschaffen fürs Studieren war, eine Seele, die in den entlegensten Geheimnissen der Magie aufging.

Endlich fand Conrado, was er suchte: ein zerknittertes Pergament, das er irgendwo zwischen den schweren, verstaubten Büchern hervorzog. »Ah, hier ist es ja«, sagte er zufrieden. »Ich hatte schon Angst, es wäre verloren gegangen, dabei habe ich nicht mehr viel Zeit, weißt du? Du bist genau im richtigen Moment gekommen. Ist dir klar, was demnächst passieren wird? Die Dimension der Toten wird sich uns mehr annähern, als wir je …«

»Ich weiß«, fiel Salamandra ihm ins Wort. »Genau darüber wollte ich mit dir reden.«

Conrado sah sie an und bemerkte ihre ernste Miene. Er legte das Pergament beiseite, auch auf das Risiko hin, dass es wieder verschwand, setzte sich und bot Salamandra ebenfalls einen Platz an. »Schieß los«, sagte er.

Gereizt beugte Fenris sich über die Quelle. »Verflixt noch mal«, knurrte er. »Wir sind wieder zu spät gekommen. Das gibt's doch nicht!«

Nervös sah Kai sich nach allen Seiten um. »Dabei war es alles andere als leicht, hierherzufinden«, seufzte er. »Was machen wir denn jetzt?«

Fenris hob den Kopf, kräuselte die Nase und nahm Witterung auf. »Sie ist schon vor Stunden aufgebrochen«, erklärte er. »Und dann dieser Geruch nach Geist ...«

»Ich wusste nicht, dass Geister nach etwas riechen«, bemerkte Kai ein wenig verstimmt.

»Es ist mehr als ein Geruch. Es ist ... ich weiß es nicht. Sagen wir, jeder Geist hinterlässt eine Art Spur, die nur für Wesen mit sehr ausgeprägten Sinnen wahrnehmbar ist. Es ist nur ein Hauch. Deshalb überrascht es mich, dass ich es so deutlich wahrnehme. So etwas habe ich nicht mehr gespürt, seit ...« – er sah Kai stirnrunzelnd an – »seit du als Geist durch den Turm gestrichen bist und an Danas Fersen geklebt hast.«

Kai warf ihm einen verblüfften Blick zu. »Du konntest mich wahrnehmen? Du hast nie etwas gesagt.«

»Eigentlich nicht, denn damals habe ich mich ja nur in Vollmondnächten in einen Wolf verwandelt. In meiner Elfengestalt waren meine Sinne nichts im Vergleich zu jetzt, wo ich so lange als Wolf gelebt habe. Aber einmal habe ich deine Anwesenheit trotzdem wahrgenommen, in einer Vollmondnacht im Wald, als wir das Einhorn gesucht haben …«

»Sprich nicht weiter.« Kai erschauerte. »Ich weiß noch.«

»Ich habe diese Empfindung nicht vergessen, diesen … nennen wir es ›Geruch‹. Der Geruch eines Geists, der die Schwelle des Totenreichs überschritten hat.«

»Das kann nur bedeuten, dass Dana einen Verbindungszauber mit einem Geist ausgeführt und ihn in unsere Dimension geholt hat«, schlussfolgerte Kai. »Aber wessen Geist ist es? Und warum hat sie das wohl getan?«

»Es gibt nur einen Weg, das herauszufinden, Kai. Aber leider habe ich nicht den blassesten Schimmer, wo Dana jetzt hingegangen sein könnte. Ich weiß nicht, was für einen Zauber sie benutzen will, um dir deinen Körper zurückzugeben.«

»Vorhin hast du gesagt, dass sie dazu auf alle Fälle drei Dinge braucht«, erinnerte sich Kai: »Überreste meines Körpers, Lebenswasser und … Phönixblut.«

»Ja, stimmt, aber nicht einmal ich wüsste, wo ich Phönixblut auftreiben könnte, wenn ich welches bräuchte. Das ist etwas sehr Kostbares und Seltenes. Ganz zu schweigen von der Tatsache, dass nur wenige Magier es fertigbringen würden, einen Phönix zu töten. Es sind wunderbare Geschöpfe aus Feuer und Licht.«

»Tja, wohin wenden wir uns jetzt?«

Fenris schnupperte noch einmal. »Wenn sie zu Fuß oder zu Pferd unterwegs ist, kann ich ihre Spur aufnehmen. Aber das bezweifle ich. Der Moment steht bevor und sie hat es eilig. Sie hat bestimmt zur Magie gegriffen und ... Warte!«

Er sprang auf und wühlte in seinem Beutel. Als er fand, was er suchte, stellte er sich neben die Quelle und schloss die Augen. Langsam hob er die Handflächen, auf denen ein seltsames glitzerndes Pulver lag. Dann begann er eine Zauberformel herzusagen und ließ dabei das Pulver zwischen seinen Fingern zerrinnen. Als er fertig war, schien sich nichts verändert zu haben außer der Tatsache, dass zu seinen Füßen ein kleines Häuflein glitzerndes Pulver lag.

»Wozu sollte das gut sein?«, fragte Kai stirnrunzelnd.

»Pst ... Sieh mal!«

Der Drache sah genauer hin. Von dem Häuflein Zauberpulver führte eine lange, glitzernde Spur direkt in den Wald und verlor sich im Unterholz.

»Eine magische Spur«, verkündete der Elf befriedigt. »Sie wird uns auf dem kürzesten Weg zu Dana führen.«

Kai senkte einen Flügel, damit Fenris auf seinen Rücken klettern konnte. Kurz darauf erhoben sie sich in die Luft. Zu ihren Füßen, auf der Erde, funkelte ein leuchtender Weg im Halbdunkel.

Der Schnee fiel sanft aufs Tal der Wölfe. Es wurde bereits dunkel, als eine Gestalt in einem weichen, weißen Pelzcape vor dem Turm auftauchte. Sofort schwang das Eisentor mit einem Quietschen auf. Ohne zu zögern ging sie hindurch und durchquerte den Garten bis zum Eingang. Dort stand Jonás mit Ringen unter den Augen und sichtlich erregt. »Ich habe dir doch gesagt, es ist gefährlich, wenn du kommst«, sagte er zur Begrüßung.

»Ich hatte keine andere Wahl«, antwortete sie sanft. Ihre Stimme war weich und melodiös und sie sprach mit starkem elfischen Akzent.

Jonás sah sie zweifelnd an. »Ist gut, komm rein«, willigte er ein.

Da streifte sie die Kapuze ab. Das Licht aus dem Inneren des Turms erhellte die Züge der jungen Königin Nawin.

In Conrados Laboratorium herrschte betretenes Schweigen. Es war Salamandra, die schließlich das Wort ergriff. »Dann glaubst du, du könntest die Tür öffnen?«

»Natürlich könnte ich das«, antwortete Conrado ein wenig gekränkt. »Aber ich werde es natürlich nicht tun. Ich hatte es sowieso nicht vor, trotzdem danke für die Warnung.«

»Das beruhigt mich«, erwiderte Salamandra.

»Aber da ist etwas anderes, das mir Sorgen macht, nämlich der letzte Teil der Prophezeiung.«

»›Damit der Letzte durch die Tür geht und Unsterblichkeit erlangt‹. Wir konnten nicht herausfinden, wer gemeint ist.«

Conrado zögerte. »Mir fällt da jemand ein.«

Salamandra sah ihn überrascht an. »Wirklich?«

»Ja. Erinnerst du dich an Morderek?«

Salamandra verzog das Gesicht. »Der Junge, der immer nur an sich gedacht hat? Natürlich erinnere ich mich an ihn. Wir haben uns zum Schattenlabyrinth aufgemacht, um Dana zu retten, und er hat sich verdrückt wie ein Feigling, mit eingezogenem Schwanz. Wir haben ihn nie wiedergesehen.«

»Ich war schon im Turm, als er zu uns stieß. Dana fragte ihn, was er sich von der Magie verspricht. Und Morderek, der fast noch ein Kind war, antwortete, ohne zu zögern: ›Dass sie mich unsterblich macht‹.«

»Na ja, das haben wir anfangs doch alle gedacht«, wandte Salamandra ein. »Wir glaubten, wir brächten große Wunder zustande. Und es stimmt ja auch, wir vollbringen Wunder, aber nur kleine, keine großen. Wir können die Toten nicht zum Leben erwecken und auch nicht unsterblich werden.«

»Hast du dich nie gefragt, warum er so plötzlich verschwunden ist?«

»Weil er Angst bekam natürlich. In jener Nacht haben die Wölfe den Turm belagert. Er wusste besser als jeder andere, dass sie auf Rache aus waren. Jetzt lebt er genau wie du fern von der Welt.«

»Woher weißt du das?«

»Hugo ... ich meine, ein Freund ... hat es mir gesagt. Er ist ihm einmal begegnet.«

»Im Ernst? Vielleicht wäre es besser, ihn zu fragen.«

»Glaubst du wirklich, er hat mit all dem etwas zu tun?«

Conrado antwortete nicht gleich, aber als er es tat, klang seine Stimme fest und sicher: »Ja, das glaube ich. Mehr noch: Ich bin mir sicher, dass er nicht aus Feigheit gegangen ist. Du hast ihn nicht so gut gekannt wie ich. Er war sehr, sehr ehrgeizig. Er hat den Turm verlassen, weil er dachte, dass er die Macht, auf die er aus war, irgendwo anders finden würde.«

»Aber er war doch erst ein Lehrling der dritten Stufe ...«

»Glaub mir, Salamandra. Such diesen Hugo und macht euch zu Morderek auf. Vielleicht könnt ihr ihn ablenken, bis der Moment vorbei ist.«

»Kein Problem«, erwiderte sie und schüttelte ihre roten Locken.

Aber Conrado warf ihr einen strengen Blick zu: »Unterschätz ihn nicht, Salamandra. Ich bin überzeugt, er hat sich nicht mit der dritten Stufe begnügt. Er hatte mehr als genug Zeit, um zu finden, was er gesucht hat. Außerdem …«, fügte er hinzu, »ist da noch etwas. Ich bezweifle, dass Morderek allein ist.«

»Was willst du damit sagen?«

»Vielleicht hat er Unterstützung aus dem Jenseits. Ich denke da an jemanden mit großem Interesse daran, dass beide Dimensionen miteinander verschmelzen, jemanden, der in der Welt der Lebenden noch eine alte Rechnung zu begleichen hat und zurückkehren will …«

»Der Meister«, begriff Salamandra. »Ja, Fenris und Kai sind zum selben Schluss gekommen. Gut, dann mache ich mich auf die Suche nach Morderek. Was hast du vor?«

Conrado stand auf. Seine Augen funkelten entschlossen. »Ich kehre in den Turm zurück.«

»Was?«, entfuhr es Salamandra. »Du bist verrückt! Die Prophezeiung …«

»Die Prophezeiung wird nicht in Erfüllung gehen, wenn jemand diese Tür zerstört, Salamandra. Und ich glaube, das kann ich übernehmen.«

Saevin war allein in seinem Zimmer. Die Stimmen von Nawin und Jonás drangen als gedämpftes Gemurmel aus dem oberen Stockwerk zu ihm. Selbst wenn er gewollt hätte, hätte er sein Zimmer nicht verlassen können. Nach dem Vorfall mit Iris war Jonás wütend geworden und hatte ihn für alles verantwortlich gemacht. »Wenn du auf unserer Seite stehst, warum hast du mir dann nicht gesagt, dass Iris hier ist? Ist dir klar, dass ihr jetziger Zustand zum Teil deine Schuld ist?«

Saevin hatte nichts geantwortet. Da hatte Jonás einen Gefängniszauber über sein Zimmer ausgesprochen und nun war er dort eingesperrt. Wenn er hinauszugehen versuchte, hinderte ihn eine magische Kraft daran. Selbst Saevins eigene große Macht konnte daran nichts ändern, denn sie zeigte sich nur, wenn er sehr angespannt war oder sich in großer Gefahr befand. Dann brach sie spontan aus ihm heraus. Doch nun steckte er in einem magischen Gefängnis und kannte den Gegenzauber nicht. Schließlich war er erst ein Lehrling der ersten Stufe.

Er blätterte im Buch der Erde und las ohne allzu großes Interesse irgendeinen Zauber, als er eine Stimme hörte. *Der Moment steht kurz bevor, Saevin.*

»Ich weiß«, erwiderte er halblaut, ohne überrascht oder erschrocken zu sein.

Vor einiger Zeit habe ich dich gefragt, ob du bereit wärst, mein neuer Lehrling zu werden. Du weißt sicher noch, was du mir damals geantwortet hast. Jetzt brauche ich dich. Schließt du dich mir an?

»Ich bin eingesperrt.«

Die Stimme lachte sanft. *Das ist für jemanden wie mich kein Problem.*

Saevin zögerte. Damit hatte er früher oder später

gerechnet. Er hatte sich darauf vorzubereiten versucht, aber im letzten Moment wurde er von Zweifeln überfallen. *Eigentlich will ich es nicht,* dachte er.

Das ist ein Jammer, erwiderte die Stimme. *Denn ich will es sehr wohl. Wenn du mit mir kommst, erlangst du Macht und Ruhm. Andernfalls …*

Saevin schloss die Augen. *Ich darf nicht zweifeln,* sagte er sich.

Die Stimme lachte zum zweiten Mal. *So gefällt es mir. Halte dich bereit. Ich komme dich bald holen.*

Die Verbindung brach ab und Saevin war wieder allein.

Es war bereits stockfinster, aber die magische Spur leuchtete in der Dunkelheit wie eine Kette aus Feuer. Kais Flügel schlugen mächtig und trugen den Drachen mit Macht auf sein Ziel zu: Dana. Genau wie Fenris auf seinem Rücken hielt er den Blick fest auf den funkelnden Pfad gerichtet.

»He!«, rief Kai plötzlich. »Was ist denn das? Die Spur bricht ab!«

Doch Fenris' scharfe Elfenaugen entdeckten die weiß gekleidete Gestalt, die dort auf sie wartete. »Wir haben Dana gefunden, Kai«, rief er und der Drache setzte zum Landen an.

Die Erzmagierin sah ihnen entgegen. Fenris sprang von Kais Rücken und machte ein paar Schritte auf sie zu. »Habt ihr gedacht, ich würde nicht merken, dass ihr mir folgt?«, fragte sie sanft.

Kai schnaubte ungeduldig. »Dana, du darfst nicht weitermachen. Du bringst viele Leute in Gefahr.«

»Das glaubst du?« Dana lächelte. »Sieh mal, du hast Fenris mitgebracht. Mit meiner Flucht habe ich euch beide aus dem Turm gelockt. Ihr seid nicht mehr in Gefahr.«

»Aber …«

»Kai, lass gut sein. Ich werde es tun, ich muss es tun. Es sind viele Jahre vergangen, seit wir uns kennengelernt haben. Diese Gelegenheit ist die Allererste und vermutlich auch die Letzte. Ich muss sie nutzen.«

»Dana …«, mischte sich Fenris mit rauer Stimme ein.

Sie sah alle beide liebevoll an. »Fenris, Kai … meine besten Freunde. Ich habe nicht daran gezweifelt, dass ihr euch auf die Suche nach mir machen würdet. Tut mir leid, dass ich dich in den Schlaf gezaubert habe, Kai, aber es ging nicht anders. Ich habe es für dich getan, für uns.«

»Wer ist bei dir, Dana?«, fragte Kai plötzlich.

Die Erzmagierin zögerte einen kurzen Moment. »Was willst du damit sagen?«

»Du weißt genau, was ich damit sagen will. Wen hast du an dich gebunden? Wer spricht vom Totenreich aus mit dir?«

»Kai, ich weiß, dass du jetzt Fragen hast. Aber alles wird gut gehen, da bin ich mir sicher. Schau nur.«

Sie sprach eine Zauberformel aus und Kai spürte, wie seine Seele seinen Körper verließ. Er drehte sich zu seinem schlafenden Drachenkörper um. Dann sah er an sich selbst hinab und entdeckte menschliche, durchscheinende, körperlose Hände. Dana hatte es wieder getan, sie hatte seine menschliche Gestalt beschworen, um zu sehen, wie er früher ausgesehen hatte, als Geist eines Jungen, der vor langer Zeit gestorben war. »Dana …«

Er bemerkte auch, dass Fenris sie beide reglos ansah, und wurde nervös. »Warum hast du ihn gelähmt?«

»Weil ich dir etwas zeigen will.«

Die Erzmagierin drehte sich um und ging ins Unterholz. Kai folgte ihr unruhig. Er verlor sie aus den Augen. Er sah sich nach allen Seiten um und entdeckte ein Stück weiter vorn einen schwachen Schimmer. Er lief darauf zu und erreichte eine kleine Waldlichtung. Dort stand …

»Dana!«

Sie war es, aber jünger, so wie sie mit fünfzehn ausgesehen hatte, als sie gerade mal ein Lehrmädchen der vierten Stufe gewesen war, das die Geheimnisse des Einhorns lüften wollte. Die violette Tunika, das kurze, schwarze Haar, die leuchtenden blauen Augen … Kai sah sie von seinen Erinnerungen überwältigt an. Sie hatten so viel zusammen erlebt …

Er wollte gerade zu ihr, als eine Bewegung im Unterholz seine Aufmerksamkeit weckte. Ein blonder Junge ging auf die jugendliche Dana zu, und Kai brauchte einen Moment, bis er sich selbst erkannte. Verwirrt blinzelte er. Was ging da vor sich? Er erlebte mit, wie die beiden Jugendlichen, Dana und Kai, sich begegneten, sah die unendliche Liebe, die sich in ihren Augen spiegelte, sah, wie sie sich endlich umarmten. Kai keuchte. Er unterdrückte den Impuls, zu ihnen zu laufen, den Platz seines Doppelgängers einzunehmen und Dana mit aller Kraft zu umarmen, wie damals, wie jenes einzige Mal …

Ihre Stimme an seinem Ohr schreckte ihn auf: »Begreifst du jetzt?«

Kai drehte sich um und sah die echte Dana, die Erzmagierin, eine erwachsene Frau, die noch nie die wahre Liebe erlebt hatte. Er spürte, wie ihnen die Zeit davonlief. Auch wenn Dana ihre Zaubertechnik verbesserte, so würde sie doch immer nur das Bild eines Sechzehnjährigen beschwören können, denn nur so lange hatte Kai als Mensch gelebt.

»Wir haben nur ein einziges Leben«, flüsterte sie. »Und es wird keine weiteren Gelegenheiten geben, Kai. Ich kann deinen Körper wieder lebendig machen und meinen eigenen verjüngen. Ich kann es tun, wenn der Moment eintritt. Danach wird es für immer unmöglich sein.«

Kai wusste nicht, was er sagen sollte. Er liebte sie, er hatte sie immer geliebt. Wie sollte er ihr sagen, dass er nicht mit ihr zusammen sein wollte? Das brachte er nicht übers Herz, denn es stimmte auch gar nicht.

Dana sah ihn zärtlich an. »Die Zeit läuft ab, Kai«, rief sie ihm in Erinnerung.

Sie drehte sich um und ging davon. Kai wollte hinter ihr herlaufen, aber etwas zog an ihm. Er spürte, wie der Drachenkörper seinen Geist ansaugte, schloss die Augen ... und als er sie wieder aufmachte, lag er wieder als goldener Drache auf dem Gras. Er reckte seinen langen Hals und sah sich um. Er entdeckte Fenris, der seine Benommenheit abzuschütteln versuchte und sich verblüfft nach allen Seiten umsah.

»Ihr braucht euch meinetwegen keine Sorgen zu machen«, war plötzlich Danas Stimme zu hören. »Folgt mir nicht. Ich komme zu dir, Kai, wenn der Moment eintritt und alles bereit ist ...«

»Dana!«

Die Zauberin war spurlos verschwunden.

»Dana ...«, sagte Kai niedergeschlagen.

Fenris fiel auf die Knie und grub die Finger in das, was einmal die magische Spur gewesen war. Nun war es nicht mehr als ein Häufchen gewöhnlicher Sand.

Bleich öffnete Jonás die Tür zu Iris' Zimmer. Nach ihm trat Conrado ein. Dieser war gerade im Turm angekommen und Jonás hatte nicht die Kraft gehabt, ihn wieder fortzuschicken. Er war zu besorgt wegen dem, was mit Iris geschehen war.

»Es ist mir nicht gelungen, sie aufzuwecken«, erklärte er, während Conrado näher trat, um das Mädchen zu untersuchen. Sie war kalt wie Marmor. »Sie ist am Leben«, sagte Jonás, »aber es ist, als ... ich weiß nicht, als wäre sie nicht hier.«

»Was ist mit ihr geschehen?«

»Ich bin mir nicht ganz sicher.« Jonás runzelte die Stirn. »Ich wusste nicht einmal, dass sie nicht mit den anderen gegangen war. Plötzlich hörte ich sie schreien und lief sofort zu ihr. Ich fand sie in dem verschlossenen Zimmer oben im Turm, sie lag auf dem Boden ...«

»Vor einem Spiegel?«, fiel Conrado ihm ins Wort.

Jonás zögerte. »Äh ... ja.«

»Verflixt noch mal«, sagte Conrado. »Die Erfüllung der Prophezeiung hat begonnen.«

In der Stadt war alles ruhig. Es war schon vor einer ganzen Weile dunkel geworden und alle, die am nächsten Tag arbeiten mussten, waren nach Hause gegangen. Doch wie überall gab es Orte, an denen nicht geschlafen wurde. Einer davon war der Gasthof ›Zu den drei Wildschweinen‹, in dem es hoch herging. Gauner und Ganoven sowie Abenteurer aller Art schmetterten Trinklieder, während der Wirt unablässig Krüge voller Bier servierte.

Keiner von ihnen sah die junge Frau in Rot, die wie aus dem Nichts vor der Tür auftauchte. Sie lächelte einen Moment, fuhr sich durchs Haar und ging hinein. Manche drehten sich nach ihr um, wandten jedoch sofort wieder den Blick ab. Ihr Lächeln wurde breiter. Auch wenn sie sich für ganze Kerle hielten – den meisten von ihnen grauste es vor den roten Tuniken der Magier.

»Salamandra!«, hörte sie eine Stimme vom anderen Ende des Raumes. Dort entdeckte sie Hugo. Er trank Bier und spielte mit ein paar verdächtig aussehenden Typen Würfel. »Was machst du denn hier?«, fragte er. »Wie hast du mich gefunden?«

»Ich dachte mir schon, dass du nicht im Wald geblieben bist. Wo sind die anderen?«

»Sie schlafen wie die Engelchen ...!«, antwortete Hugo mit einem spöttischen Lächeln.

Seinen Würfelbrüdern schien die Gegenwart der Zauberin unangenehm zu sein. Anstatt sich darüber zu ärgern, amüsierte es Salamandra. Aber diesmal hatte sie keine Zeit zum Spielen. »Lass uns in eine ruhigere Ecke gehen, Hugo. Ich muss mit dir reden.«

Hugo willigte ein, stieg allerdings nur schweren Herzens aus dem Spiel aus. Kurz darauf saßen die beiden ein wenig abseits.

»Ich kann es dir jetzt nicht erklären, weil es eine lange Geschichte ist«, begann sie, »aber die Sache ist die, dass ein paar Freunde von mir bald in Gefahr geraten könnten. Und das will ich verhindern, verstehst du?«

»So in etwa. Und was habe ich damit zu tun?«

»Du hast mir einmal gesagt, du kennst einen Magier namens Morderek.«

»Ja, komischer Name, findest du nicht?«

»Könntest du mich zu ihm bringen?«

Hugos Augen funkelten seltsam. »Er wohnt weit weg ...«

»Das macht nichts. Wenn es ein Ort ist, den ich schon einmal gesehen habe, kann ich mich dorthin teletransportieren. Ich verfüge aber auch über andere magische Mittel, um die Reise zu beschleunigen.«

Hugo strich sich nachdenklich übers Kinn. »Na gut«, erwiderte er. Seine Lippen bogen sich zu einem leichten Lächeln. »Wann willst du los?«

»Jetzt gleich. Ich wecke die anderen auf und …«

»Nicht nötig. Wir gehen allein.«

Salamandra hatte es eilig und machte keine Einwände. Kurz darauf verließen die beiden den Gasthof ›Zu den drei Wildschweinen‹, erneut auf Abenteuer aus.

Iris schwebte bewusstlos in einer seltsamen Trance zwischen Leben und Tod. Sie atmete und ihr Herz schlug noch schwach, aber sie bewegte sich nicht und reagierte auf nichts. Nawin deckte sie zu, damit sie sich nicht verkühlte. Ihre mandelförmigen Augen sahen das Mädchen mit einer Mischung aus Angst und Mitleid an.

»Du erinnerst dich nicht daran, weil du nicht dabei warst«, sagte Conrado gerade. »Als Shi-Mae in den Turm kam, brachte sie einen Spiegel mit. Dieser Spiegel war ein Zugang zum Jenseits. Durch ihn konnte Shi-Mae mit den Geistern der Toten sprechen.«

»Ja, Salamandra hat mir so etwas erzählt«, pflichtete Jonás bei.

»Deshalb versteckte Shi-Mae den Spiegel in einem

Zimmer, das niemand je betrat. Aber Salamandra und ich fanden ihn mit Kais Hilfe. Es gelang mir sogar, ihn zu öffnen, damit Kai einen kleinen Ausflug ins Totenreich unternehmen konnte. Wir alle wissen, dass Shi-Mae kurz darauf verschwand und nie wieder zurückkehrte.«

Nawin erschauerte, als sie sich an das Ende derjenigen erinnerte, die ihre Meisterin gewesen war.

»Ich nehme an, der Spiegel ist hiergeblieben«, erklärte Conrado. »Über allem, was danach passiert ist, haben wir ihn vergessen. Außerdem stehen im Turm alle möglichen Dinge herum, von denen niemand weiß, wozu sie gut sind. Ein Spiegel mehr oder weniger würde niemandem auffallen. Ich befürchte sehr, dass die Geister des Jenseits sich nun, wo der Moment näher rückt, diesen Spiegel als Zugang zur Welt der Lebenden ausgesucht haben.«

»Was hat das mit Iris zu tun?«, fragte Nawin.

»Sie brauchen eine Verbindung zur Welt der Lebenden, so etwas wie eine Brücke zwischen den Dimensionen. Außerdem brauchen sie die Lebensenergie von jemandem, um endgültig durch die Tür zu gehen.«

»Die Lebensenergie …!«, wiederholte Jonás verblüfft.

»Wenn die Geister die Schwelle zum Totenreich erst einmal überschritten haben, können sie nicht mehr dauerhaft hierher zurückkehren. Dazu müssen sie sich an eine Person, einen Gegenstand oder einen

Ort binden, das wisst ihr ja. Wenn der Moment eintritt, ist das nicht mehr nötig, aber für den Anfang brauchen sie ein Lebewesen, an das sie sich klammern können, damit sie durch die Tür kommen. Jetzt entziehen sie Iris nach und nach die Lebensenergie und saugen sich mit ihrem Wesen voll … und zwar alle auf einmal.«

Jonás sprang auf. »Dann lasst uns den Spiegel zerstören! Du hast gesagt, das kannst du, oder?«

Aber Conrado schüttelte den Kopf. »Nein, jetzt sieht alles anders aus. Iris' Seele irrt im Moment durch das Totenreich und ist nur noch mit einem seidenen Faden mit ihrem Körper verbunden. Wenn wir die Tür zerstören, zerreißt dieser Faden und Iris stirbt.«

Nawin war blass geworden. Jonás ließ sich bedrückt auf einen Stuhl fallen. »Das kann nicht sein«, flüsterte er. »Warum ausgerechnet sie? Sie ist noch so klein …«

»Genau deshalb. Sie hat noch mehr Leben vor sich und deshalb mehr Lebensenergie. Jetzt altert sie zusehends. Je näher der Moment rückt, desto schneller wird es gehen.«

»Aber es muss doch irgendetwas geben, das wir tun können …«

Conrado sah seine Gefährten unschlüssig an. »Es gibt etwas, aber das ist nicht gerade einfach.«

»Was denn?«

»Die Anweisungen der Prophezeiung befolgen: Ich

werde die Tür öffnen und sie offen halten, während ein anderer ins Jenseits geht, um Iris' Geist zu retten.«

»›Einer wird sich auf eine gefährliche Reise begeben, vielleicht ohne Wiederkehr‹!«, erinnerte sich Nawin erschrocken.

Jonás trat an das Bett, auf dem Iris reglos lag und zwischen Leben und Tod schwebte. »Hab keine Angst, Kleine«, sagte er zu ihr. »Alles wird gut.« Er wandte sich Conrado zu. »In Ordnung. Was habe ich zu tun?«

Dieser fixierte ihn. »Ist dir klar, was das bedeutet? Wenn wir die Tür öffnen, geht die Prophezeiung in Erfüllung. Diese Prophezeiung hat auch Fenris' und Salamandras Tod angekündigt.«

Jonás lief es kalt den Rücken hinunter.

»Vielleicht sollten wir es uns noch einmal überlegen«, sagte Nawin.

»Dazu ist keine Zeit«, widersprach Jonás und warf einen kurzen Blick auf Iris, die im Dunkeln starr auf ihrem Lager ruhte.

Es ist so weit …

Die Stimme klang kräftig und duldete keine Widerrede. Saevin schreckte hoch. *Der Moment ist doch noch gar nicht eingetreten …*, dachte er benommen.

Du musst aber noch einiges vorbereiten. Sie wird demnächst hier sein.

Zögernd stand Saevin auf.

Du wirst doch jetzt keinen Rückzieher machen …

Saevin holte tief Luft. Es stand viel auf dem Spiel. Dies war der wichtigste Moment in seinem Leben, das war ihm klar. Wenn er demjenigen, der ihn rief, folgte, würde nichts mehr so sein wie vorher. Aber er musste es tun. »Nein«, antwortete er schließlich und hob mutig den Kopf. »Ich mache keinen Rückzieher.«

Die Stimme schwieg. Plötzlich tauchte vor Saevin eine Art riesiges Fenster zu einem dunklen Raum auf, der von irgendeinem Feuer spärlich erhellt wurde. Vor der hinteren Wand waren viereckige Umrisse zu sehen, aber wegen des seltsamen Dunstes im Raum waren sie nicht klar zu erkennen.

»Komm«, war die Stimme auf der anderen Seite des magischen Fensters deutlich zu vernehmen, eine sanfte, durchtriebene Stimme. »Komm zu mir, Lehrling.«

»Ich komme«, erwiderte Saevin. Zögernd machte er einen Schritt. Er blickte kurz zurück und sagte: »Lebwohl, Iris. Ich werde dich nie vergessen.« Dann ging er entschlossen weiter, bis das magische Fenster ihn verschluckte. Hinter ihm blieb nur ein leeres, kaltes Zimmer zurück.

10

Der Gehilfe

Jonás riss die Tür zu Saevins Zimmer auf. »Er ist fort«, sagte er. »Verflixt noch mal, er ist fort. Wie zum Teufel hat er das bloß angestellt?«

Nachdem Nawin und er dort eine mächtige Manifestation von Magie wahrgenommen hatten, waren sie rasch hinuntergelaufen. Doch bei der Untersuchung des Zimmers entdeckte Jonás nichts Auffälliges – außer der Tatsache, dass Saevin auf unerklärliche Weise aus seinem magischen Gefängnis entkommen war. »Er kann nicht einfach so gegangen sein. Da muss irgendetwas gewesen sein …«

»Wenn du das Zimmer mit dem Gefängniszauber belegt hast«, erwiderte Nawin, »kann er nur mithilfe einer anderen Person entkommen sein, jemandem, der von außen eine Öffnung zwischen diesem Ort und irgendeinem anderen geschaffen hat.«

Jonás wandte sich ihr zu. »Niemand, der Saevin hilft zu entkommen, ohne uns Bescheid zu sagen, kann gute Absichten haben. Es sieht so aus, als hätte ein weiteres Teil des Puzzles seinen Platz gefunden.«

»›Einer wird vom Bösen in Versuchung geführt werden‹«, erinnerte sich Nawin. Sie war ganz blass. »Was hast du jetzt vor?«

Jonás zögerte. »Ich weiß nicht«, antwortete er schließlich. »Wenn ich Iris das Leben zu retten versuche, bringe ich Fenris und Salamandra in Gefahr.« Nawin entging nicht, dass er sein eigenes Risiko mit keinem Wort erwähnte. »Bei diesem Gedanken sträuben sich mir alle Haare. Aber andererseits kann ich nicht tatenlos zusehen, wie Iris stirbt ...« Seine Worte endeten in einem Flüstern.

Saevin befand sich in dem Raum, den er durch das magische Fenster gesehen hatte. Nun erkannte er, dass die viereckigen Umrisse an der Wand nichts anderes als Käfige waren, in die alle möglichen seltsamen Tiere gesperrt waren.

»Schöne Sammlung, hab ich recht?«, ertönte eine Stimme hinter ihm.

Saevin drehte sich um. Aus der Dunkelheit tauchte ein junger Magier mit einer schwarzen Tunika auf. Er trug das braune Haar mit einem Lederriemen im Nacken zusammengebunden und seine blassgrünen Augen blickten streng und gefühllos drein. Seine rechte Hand, die einen schweren Stab hielt, steckte in einem langen schwarzen Lederhandschuh.

Der Magier beobachtete Saevin mit einem verschlagenen Lächeln. »Aber das hier ist noch gar nichts, verglichen mit dem, was morgen Nacht passieren wird«, erklärte er. »Wir haben wenig Zeit, Lehrling. Wir müssen sicherstellen, dass du deine Rolle für die Vorstellung lernst …«

Saevin erwiderte nichts. Er sah den Magier nur mit einem Funkeln kalter Entschlossenheit in seinen blauen Augen an.

»Kannst du sie nicht mit deiner Magie aufspüren?«, fragte Kai. »Ich meine, ihr Bild in einer Kristallkugel heraufbeschwören oder etwas in der Art …«

»Wenn ich das könnte, hätte ich es längst getan. Man kann einem Magier nicht gegen dessen Willen hinterherspionieren. Es gibt Gegenzauber, weißt du?«

Kai schloss die Augen. Er wirkte ein wenig benommen und sehr müde.

Fenris sah ihn aus den Augenwinkeln an. »Was zum Teufel hat sie dir gesagt? Du bist ganz komisch, seit du mit ihr gesprochen hast.«

»Es ist völlig unwichtig, was sie gesagt hat, stochere nicht länger in der Wunde herum, ja? All das ist für uns beide extrem schwierig.«

»Ich verstehe«, stimmte der Elf nachdenklich zu. »Wenn du wenigstens den Geist gesehen hättest, der bei ihr ist …«

»Nein, den habe ich nicht gesehen«, sagte Kai brüsk. *Ich hatte anderes im Kopf*, musste er sich eingestehen. »Warum versuchst du nicht, mit Salamandra in Verbindung zu treten?«, schlug er vor. »Vielleicht hat sie etwas herausgefunden ...«

»Gute Idee.« Der Magier musterte mit kritischer Miene das Lagerfeuer, das sie angefacht hatten, um sich zu aufzuwärmen. »Ja, damit könnte es gehen«, sagte er.

Verblüfft zügelte Salamandra ihr Pferd.

»Was ist?«, fragte Hugo stirnrunzelnd und griff sich vorsichtshalber an den Gürtel. »Hast du etwas gehört?«

»Jemand versucht, Verbindung mit mir aufzunehmen.« Salamandra sprang vom Pferd und beugte sich über den steinigen Weg. Sie hob die Hand und augenblicklich züngelten Flammen aus ihr empor. Daraus bildete sie ein Lagerfeuer, das auf den Steinen brannte, ohne dass dazu Holz nötig war. »Ich bin hier«, flüsterte sie. »Wer ruft mich?«

Sofort erkannte sie zwischen den Flammen ein Gesicht mit elfischen Zügen, das ihr nur zu vertraut war. »Fenris!«, sagte sie. »Wo bist du?«

»Das weiß ich nicht genau.« Fenris' Stimme klang wie das Prasseln von tausend Flammen. »Hör zu, Salamandra, wir haben Danas Spur verloren. Wo bist du?«

Sie teilte ihm rasch alle Neuigkeiten mit. Fenris nickte nachdenklich. »Gut. Wenn uns nichts Besseres einfällt, kommen wir dir entgegen und begleiten dich zu Morderek. Conrados Eingebung erscheint mir goldrichtig. Hoffentlich hat er die Tür zerstören können …«

»Bestimmt. Wahrscheinlich ist die Gefahr inzwischen längst gebannt und wir machen uns ganz umsonst Sorgen …«

»Deinen Optimismus möchte ich haben, Salamandra.«

Sie sah ihn liebevoll an. »Es wird gut ausgehen«, erwiderte sie. »Es *muss* gut ausgehen.«

Salamandra löschte das Lagerfeuer und damit verschwand auch Fenris' Bild. Sie stand auf. Hinter ihr wartete Hugo mit gerunzelter Stirn. »Wir können weiter«, sagte die Magierin.

»Noch nicht«, widersprach er, drehte sich um und ging in den Wald. Salamandra hörte seine Stimme aus dem Unterholz. »Es dauert nicht lange.«

»Ausgerechnet jetzt«, seufzte sie resigniert.

»Hör mal!«, versetzte Hugo. »Müsst ihr Magier etwa nie?«

Der Schwarzmagier kam zurück in den Raum, in dem Saevin wartete. Er wirkte verstimmt. »Offenbar läuft nicht alles so wie geplant.« Er richtete den Blick auf seinen Lehrling. »Wie sieht's aus, Junge?«

Saevin hatte seine Anweisungen befolgt, sich an den Tisch mit dem aufgeschlagenen Buch gesetzt und sich die Worte eingeprägt, die dort geschrieben standen. »Gut«, antwortete er ernst. »Ich bin mir sicher, dass ich die Formel rechtzeitig lernen kann.«

»Großartig«, bescheinigte sein Mentor. »Einer wird die Tür öffnen, damit der Letzte von ihnen durch sie hindurchgeht und die Unsterblichkeit erlangt, hat das Orakel prophezeit. Das sind wir beide, Saevin, du und ich. Es ist dir zwar nicht bewusst, aber du hast viel mehr Macht als Conrado, dieser Trottel. Nur du kannst die Tür offen halten und gleichzeitig die Geister zurückdrängen – damit ich die Schwelle überschreite und die Unsterblichkeit erlange.« Er wandte sich erneut der Zimmertür zu. »Ich muss kurz hinaus, Lehrling. Bleib hier und rühr nichts an. Wenn du dich nicht daran hältst, erfahre ich auf jeden Fall davon.«

Saevin erwiderte nichts, sondern konzentrierte sich auf die Zauberformel in seinem Buch, als der Schwarzmagier ihn allein zurückließ.

Jonás stand auf. »Ich habe eine Entscheidung getroffen«, verkündete er seinen Freunden. »Ich denke, dass Fenris und Salamandra zwei mächtige Magier sind und sich verteidigen können, wenn sie in Gefahr geraten. Iris hingegen ist jetzt völlig wehrlos. Wenn wir ihr nicht helfen, wird sie sterben. Außerdem ist die Gefahr, in der Fenris und Salamandra schweben, nur hypothetisch. Aber Iris' Trance ist real. Das Totenreich entzieht ihr ihre Lebensenergie, und zwar jetzt. Deshalb habe ich beschlossen, die Tür zu öffnen und ihren Geist zu retten, bevor es zu spät für sie ist.«

Jonás waren diese Worte nicht leichtgefallen. Er hatte zwischen dem Leben von Iris und dem von Fenris und Salamandra wählen müssen, und das war alles andere als einfach gewesen. Aber er hatte seine Entscheidung getroffen und Nawin und Conrado würden ihn darin unterstützen.

»Einverstanden«, stimmte Conrado zu. »Dann wollen wir uns diesen Spiegel ansehen.«

Salamandra lachte vor Glück, als ihr langes, rotes Haar hinter ihr herwehte und die Welt in schwindelerregendem Tempo an ihr vorbeisauste. Sie achtete kaum auf Hugo, dessen Pferd ihr dicht folgte. Dem Söldner bekam der wilde Galopp nicht so gut, aber Salamandra hatte darauf bestanden, die Pferde mit einem Geschwindigkeitszauber zu belegen, denn die Zeit drängte. Dieser Tagesanbruch war der letzte, bevor der Moment eintrat.

Plötzlich wurde Salamandra ruckartig von etwas gebremst. Das Pferd blieb wie angewurzelt stehen und sie wurde nach vorn geschleudert. Sie stürzte zu Boden und war einer Ohnmacht nahe. Vorsichtig machte sie die Augen auf und versuchte, sich langsam aufzurichten. Sie hatte Schmerzen und blutete. Mit letzter Kraft hob sie den Kopf. Als Erstes bemerkte sie einen verschwommenen dunklen Umriss. Sie blinzelte und sah genauer hin. Da stockte ihr das Blut in den Adern. Es war ein junger Mann mit einer schwarzen Tunika. »Du …«, sagte Salamandra.

Conrado untersuchte den Goldrahmen des Spiegels, der eine Reihe von elfischen Schriftzeichen aufwies. »So sieht man sich wieder«, sagte er lächelnd.

»Kannst du ihn öffnen?«, fragte Jonás unruhig.

»›Frag, dann bekommst du eine Antwort‹«, übersetzte Conrado und deutete auf die Inschrift. »Dieser Spiegel diente für Auskünfte über das Jenseits. Im Grunde war er nicht als Tür gedacht. Wir haben ihn einmal dafür benutzt, damit Kai in seine Welt zurückkehren konnte, aber er war ein Geist, kein lebendiges Wesen. Doch jetzt, wo der Moment sich nähert, könnte jeder Beliebige hindurch …«

Nawin erschauerte. »Jonás, bist du ganz sicher, dass du es tun willst?«

Der Magier sah zuerst Nawin und dann Iris an, die sie auf ein provisorisches Lager in der Nähe des Spiegels gebettet hatten, damit – falls Jonás erfolgreich war – ihr Geist seinen Körper leicht finden konnte, wenn er durch die Tür zurückkehrte. Das Mädchen war nach wie vor bleich wie Elfenbein und vollkommen reglos, ihre Brust hob und senkte sich kaum.

»Ich muss es tun«, antwortete Jonás nur.

Conrado nickte kurz, wandte sich dann dem Spiegel zu und stellte sich vor ihm auf. Wie bei jedem anderen Spiegel auch erschien darin sein Abbild. »Bald werden wir sehen, was du sonst noch zeigen kannst.« Dann sprach er langsam die Formel, die die Tür zum Totenreich öffnen würde.

Salamandra hatte sich mühsam aufgerichtet. Von Hugo entdeckte sie keine Spur. Bestimmt war er hinter ihr geblieben.

»So sieht man sich wieder, bezaubernde Dame«, sagte der Schwarzmagier.

»Halt den Mund«, fauchte sie. »Uns war klar, dass du hinter all dem steckst, es konnte kein anderer sein. Was willst du, Morderek?«

»Was ich will?« Der Schwarzmagier lächelte und seine grünen Augen funkelten. »Vermutlich dasselbe wie deine Meisterin: dass die Prophezeiung in Erfüllung geht, die netterweise vorhergesagt hat, dass ich bald zu Ruhm gelange.«

»Du bist verrückt«, versetzte Salamandra. »Woher willst du wissen, dass sich dieser Teil der Prophezeiung auf dich bezieht?«

»Auf wen denn sonst? Aber ich bin genau wie Dana zu dem Schluss gelangt, dass wir den Dingen ein wenig nachhelfen sollten. Genau wie sie sich auf die Suche nach einer Methode gemacht hat, um Kais menschlichen Körper wiederherzustellen, muss ich einer Prophezeiung zur Erfüllung verhelfen, die meinem zukünftigen Wohlergehen äußerst zuträglich sein kann …«

»Du redest zu viel«, knurrte Salamandra. »Und wie üblich verzapfst du nur Schwachsinn.«

Mordereks Lächeln verschwand. »Das glaubst du? Hast du es immer noch nicht begriffen?«

»Was gibt es denn da zu begreifen?«

»Dass du sterben musst, Salamandra.«

Der Schwarzmagier hob seinen schweren Stab und rief eine Zauberformel. Salamandra errichtete sofort einen magischen Schutz. Der Blitz stieß vom Himmel herab direkt auf sie zu. Doch er prallte an ihrem Schutzschild ab und verpuffte. Salamandra richtete sich auf. Mordereks Angriff hatte sie zornig gemacht. »Wie kannst du es wagen?«, rief sie. »Du kennst die Macht der Feuertänzerin nicht!«

Sie stellte sich breitbeinig hin, streckte die Arme zur Seite und warf den Kopf in den Nacken. Sogleich spürte sie, wie die Macht des Feuers auf ihren Ruf reagierte. Augenblicklich flammten ihre Hände auf und ihr rotes Haar bauschte sich zu einer Flammenkrone. Sie warf Morderek einen Blick zu, der Funken sprühte.

»Ah«, sagte der Schwarzmagier. »Offenbar habe ich endlich einen Gegner gefunden, der mir gewachsen ist.«

Dana blieb am Fuß eines riesigen stumpfen Kegels stehen.

»Das hier ist der Vulkan der Nebelberge«, verkündete Shi-Mae.

»Und dein Schwarzmagier lebt im Inneren des Kraters, sagst du?«, fragte die Turmherrin. »Das kann ich kaum glauben.«

»Der Vulkan ist seit Jahrtausenden erloschen«, erklärte Shi-Mae. »Im Krater hat sich im Laufe der Zeit eine ganz eigene Flora und Fauna entwickelt, ein richtiger Urwald. Besonders die Tiere sind ziemlich seltsam. Dieser Ort hier ist ja völlig abgeschieden.«

»Nun gut, dann gehe ich jetzt hinauf.«

»Und ich mit dir«, flüsterte Shi-Mae. »Freu dich, Turmherrin. Bald werden die Worte des Orakels wahr.«

Conrado sprach die Zauberformel aus, sanft und liebevoll. Er hatte die Augen zusammengekniffen, die Hände zum Spiegel erhoben und bat ihn auf Arkanisch, sich ihnen zu öffnen und seine Geheimnisse preiszugeben. Genau das Gleiche hatte er vor fünf Jahren schon einmal getan. Aber damals war er nur ein Lehrling der vierten Stufe gewesen und nun war er ein ausgebildeter Magier.

Damals hatte er sich darauf beschränkt, die Zauberformel voller Vertrauen und Inbrunst herzusagen. Nun tat er es voller Wissen, dem Wissen, wie wichtig diese Tür war, wie unendlich viel sich dahinter verbarg, und dass sie etwas enthüllen würde, das den Lebenden eigentlich verborgen bleiben musste. Davon ließ er sich nicht abschrecken. Es gab nun einmal keinen anderen Weg. Sie mussten Iris retten. Und wenn sie dazu die Tür öffnen mussten, taten sie es besser, bevor der Moment eintrat. So hatten sie vielleicht noch Zeit, den Spiegel zu zerstören, sobald Iris' Geist in Sicherheit war. Conrado seufzte fast unmerklich. Es war ein Jammer, diesen wunderschönen, einzigartigen Zauberspiegel zu zerstören. Aber sie mussten es tun, zum Wohl aller.

Die Tür öffnete sich Stück für Stück.

Hinter ihm sah Nawin stumm zu. Jonás machte sich bereit, eine gefährliche Reise anzutreten, vielleicht ohne Wiederkehr, eine riskante Reise ins Reich der Toten …

Salamandra schrie zornig auf und schleuderte noch eine Feuerkugel. Morderek wehrte sie mit seinem Stab ab. Beide hielten keuchend inne und musterten sich argwöhnisch. Die Waldlichtung, auf der sie sich befanden, war verkohlt und ihre Tuniken waren angesengt und zerrissen. Sie waren ungestüm aufeinander losgegangen und bisher stand noch kein eindeutiger Sieger fest.

»Wo … hast du denn … so viel Macht her?«, keuchte Salamandra.

»Das geht dich nichts an«, antwortete Morderek. »Du wirst sowieso sterben, ob du das weißt oder nicht.«

Salamandra brüllte und beschwor erneut das Feuer. Kein anderer Magier konnte es so leicht herbeirufen und formen wie die Feuertänzerin. Sie war praktisch unbesiegbar, weil sie die Macht dieses Elements auf ihrer Seite hatte.

Morderek schien gelassen zu bleiben. Er warf einen kurzen Blick zum Himmel und erklärte: »Oh, offenbar ist es schon so weit.« Dann richtete er seinen Blick wieder auf Salamandra. »Tut mir leid, schöne Dame«, sagte er. »Es war mir ein Vergnügen, aber jetzt muss ich fort.«

Salamandra hörte ihm gar nicht zu. Sie war dabei, einen riesigen Feuerdämon zu erschaffen, der sich brüllend über die Lichtung erhob.

Morderek wirkte nicht gerade beeindruckt. »Ah, beinahe hätte ich's vergessen! Die Prophezeiung …«, sagte er.

Salamandra schleuderte den Dämon gegen den Schwarzmagier. Dieser packte den Stab mit beiden Händen, riss ihn nach oben, und als das Feuerwesen bei ihm angelangt war, schlug er mit aller Kraft zu. Der Dämon prallte mit unglaublicher Wucht gegen Mordereks Stab und kehrte als lodernde Masse zu Salamandra zurück. Sie hatte keinen Grund, dieses feurige Geschoss zu fürchten, aber aus irgendeinem Grund fühlte sie sich verletzlich und versuchte einen Schutzschild zu errichten. Das Feuer traf sie mit voller Wucht und erfasste sie. Salamandra schrie, weil sie etwas empfand, das sie bei der Berührung mit Flammen seit Jahren nicht mehr empfunden hatte. Schmerz. Sie brannte.

»Bis zum nächsten Mal, meine Dame«, verabschiedete sich Morderek spöttisch. »Oder besser gesagt: Auf Nimmerwiedersehen, denn du wirst sterben und ich erlange die Unsterblichkeit. Ich würde ja liebend gern dableiben, um zu sehen, wie du in deinem eigenen Feuer verbrennst, aber ich habe eine Verabredung mit der Turmherrin.«

Salamandra ließ sich fallen und wälzte sich auf dem Boden, aber das Feuer hatte bereits ihre Tunika erfasst. In diesem Moment wirkte sie wie ein ganz gewöhnlicher Mensch ohne Zauberkräfte, weit davon entfernt, den Namen ›Feuertänzerin‹ zu verdienen.

Mit einem verschlagenen Lächeln verschwand Morderek von der Lichtung und überließ die junge Zauberin ihrem Schicksal.

11

Phönixblut

Es hatte der Turmherrin keine großen Schwierigkeiten bereitet, mithilfe ihrer Magie in den Vulkankrater zu gelangen. Genau wie Shi-Maes Geist gesagt hatte, war er mit einem riesigen Urwald überwuchert, einem Mikrokosmos seltsamer Tiere und Pflanzen, die nur entfernt an die Arten erinnerten, die anderswo zu finden waren.

Es bereitete der Turmherrin auch keine Probleme, das Zuhause des Schwarzmagiers zu finden, der ihr die letzte Zutat für ihren Zauber verschaffen sollte. Es handelte sich um ein Haus aus Stein und Holz mit verschiedenen Nebengebäuden, die ineinander verschachtelt schienen. »Das Haus wirkt ziemlich groß für einen einzelnen Magier«, bemerkte Dana.

Neben ihr zappelte Shi-Mae unruhig. Sie nahm wahr, dass in diesem Moment die Tür geöffnet wurde, doch sie wusste nicht, wie, von wem und warum. Sie befürchtete, Dana könnte es ebenfalls bemerken, aber zum Glück für Shi-Mae war die Turmherrin mit ihren Gedanken ganz beim nächsten Schritt auf ihrer Suche.

Dana durchleuchtete den Ort mit ihrer Magie und stieß nur auf zwei menschliche Wesen im Haupthaus. In den Nebengebäuden befanden sich die unterschiedlichsten Tiere. Sie runzelte die Stirn. Ein Verdacht nahm in ihrem Kopf Gestalt an.

»Am Eingang zum Turm ist jemand!« Nawins plötzlicher Ausruf brachte Conrado aus dem Konzept. Die Tür war noch nicht offen, aber es fehlte nicht mehr viel und er benötigte all seine Magie, um den Prozess weiter voranzutreiben. »Es ist der Großherzog«, flüsterte Nawin, die sich totenbleich aus dem Fenster gebeugt hatte. »Und er wird begleitet von einem Herzog des Hauses der Nebelelfen und einem Erzmagier der Schule im Goldwald. O nein, das ist das Ende …«

Jonás sah Nawin an, dann Iris und anschließend Conrado, der hoch konzentriert mit geschlossenen Augen vor dem Spiegel stand, die Arme beschwörend erhoben. »Ich gehe hinunter und rede mit ihnen«, sagte er schließlich.

Conrado ließ abgelenkt die Arme sinken und die Tür schloss sich wieder. »Dann müssen wir es wohl später noch einmal versuchen«, murmelte er vor sich hin. Er wirkte erleichtert. Ihm war nicht wohl dabei, einen Freund durch diese Tür ins Totenreich gehen zu sehen.

Jonás hatte sich aus dem Fenster gebeugt. »Wie

können sie es wagen, dir bis hierher zu folgen?«, fragte er.

Die Elfenkönigin sah ihn besorgt an. »Ich gehe selbst hinunter. Ich muss es tun.«

»Kommt nicht infrage. Du hast im Turm Zuflucht gesucht und jetzt trage ich die Verantwortung für dich. Mach dir keine Gedanken, ich werde sie nicht ins Haus lassen.«

»Salamandra!«

Die Feuertänzerin hörte die Stimme kaum. Der Schmerz war so heftig, dass sie kein Wort herausbrachte. Plötzlich spürte sie, wie etwas sehr Kühles über ihren Körper lief … War es Wasser? Ja, offenbar war es Wasser … Das kostbare Nass benetzte ihre Haut, löschte die Flammen und linderte ihren Schmerz.

Salamandra blieb keuchend auf dem Boden liegen, ohne sich rühren zu können. Ihr war klar, dass sie am ganzen Körper entsetzliche Brandwunden hatte, und sie wagte nicht, nach ihrem Haar zu tasten. Und was mit ihrem Gesicht passiert war – daran wollte sie nicht einmal denken.

»Salamandra, steh auf. Dir ist nichts geschehen …«

Sie versuchte zu sprechen, es gelang ihr jedoch nicht. Nur ein Stöhnen drang aus ihrer Kehle.

»Ist dir klar, was sie ihr angetan haben?«

Daraufhin eine andere, ebenfalls vertraute Stimme: »Sie hätten sie beinahe umgebracht. Wie haben sie das nur angestellt?«

Salamandra öffnete langsam die Augen. Die Stimmen sprachen weiter. »Kaum zu glauben, dass sie ihren Widerstand gebrochen haben. Das lässt mich vieles befürchten …«

Das Erste, was Salamandra erblickte, war eine Hand … und zwar ihre eigene. Eine Hand mit makelloser Haut ohne Verbrennungen. »Was?«, fragte sie.

Sie richtete sich langsam auf und dabei fiel ihr eine Haarsträhne ins Gesicht. Eine Strähne, die im Morgenlicht kupferrot schimmerte. Sie sah an sich hinunter. Sie war gesund. Nur ihre Tunika war verbrannt. »Was ist denn passiert?«

»Ich hatte gehofft, das könntest du uns sagen.«

Salamandra wandte sich um und sah Fenris und Kai. Sie bedeckte sich einigermaßen mit den Resten ihrer Tunika und tastete suchend nach ihrem Rucksack, in dem ihre zweite Tunika steckte. »Es ist mir nicht ganz klar. Morderek ist uns in die Quere gekommen. Er hat mich angegriffen … Er sagte, ich müsse sterben, damit die Prophezeiung in Erfüllung geht. Wir haben miteinander gekämpft. Irgendwann sagte er, er müsse gehen, und schleuderte einen Feuerdämon auf mich, den ich selbst erschaffen hatte.«

»Und einen Moment lang dachtest du, er könnte dir etwas anhaben«, begriff Fenris. »Ich verstehe. Salamandra, du bist immun gegen das Feuer, aber dein Unterbewusstsein fürchtet es immer noch. Durch die ganze Geschichte mit der Prophezeiung hast du dir tatsächlich einreden lassen, es könnte stimmen. Vielleicht hast du einen Albtraum wiederbelebt …«

Salamandra schwieg nachdenklich.

»Das hätte ernste Folgen für dich haben können«, fuhr Fenris fort. »Wenn du davon überzeugt gewesen wärst, dass du stirbst, wärst du wahrscheinlich wirklich gestorben.«

»Es kam mir so real vor«, erwiderte Salamandra. »Sogar Morderek hat es geglaubt. Ich … dachte, er hätte es geschafft. Er ist mächtiger, als ich ihn in Erinnerung hatte. Er hat einen Stab …«

Fenris runzelte die Stirn. »Einen Stab?«, wiederholte er.

Doch Salamandra sprach weiter. »Ich kann mir allerdings nicht erklären, woher er wusste, wo er mich finden kann.«

Fenris und Kai tauschten einen Blick. »Sagen wir es ihr?«, fragte Kai.

Der Magier zuckte mit den Schultern. »Warum nicht?«

Kai trat einen Schritt zur Seite. Hinter seinem riesigen Drachenkörper sah Salamandra jemanden bewusstlos auf dem Boden liegen. »Hugo!«, rief sie.

»Tja, ich hoffe, du hattest ihn nicht allzu sehr ins Herz geschlossen«, sagte Kai. »Er war derjenige, der dich verraten hat. Er hat uns gestanden, dass er von Anfang an Verbindung mit Morderek hatte.«

Dana starrte den Schwarzmagier an, der aus der Tür getreten war, um sie zu begrüßen. »Du bist das also.« Er lächelte. »Das habe ich mir schon gedacht«, fuhr sie fort. »Wo hast du all die Jahre gesteckt, Morderek?«

Der junge Mann zuckte mit den Schultern. »Oh, hier und da … Ich nehme an, du bist mir nicht böse, weil ich den Turm verlassen habe, ohne Bescheid zu sagen. Ich hatte Angst, du würdest mir vorwerfen, dass ich dir als Einziger deiner Lehrlinge nicht zu Hilfe kam, als du in Schwierigkeiten warst. Versteh mich, ich war ein dummer Junge. Ich hatte Angst. Ich bin nicht so mutig wie Jonás oder Salamandra.«

Die Turmherrin sah ihn misstrauisch an. Er log nicht, sagte jedoch auch nicht die ganze Wahrheit. »Wenn du das Gefühl hast, in meiner Schuld zu stehen, könntest du etwas für mich tun.«

»Was könnte ich mit meinem bescheidenen Talent für eine mächtige Erzmagierin wie dich tun, Turmherrin?«

»Keine Schmeicheleien, Morderek«, erwiderte sie mit einer gewissen Härte. »Das passt nicht zu dir.«

Der Schwarzmagier sank in sich zusammen wie ein kleiner Junge, der zurechtgewiesen wird. Doch sogleich straffte er sich wieder. Es war nicht mehr so wie damals, als er noch im Turm studierte. Jetzt war er ein richtiger Magier.

»Du hast schon immer eine besondere Begabung im Umgang mit Tieren gehabt«, bemerkte sie. »Im

Handumdrehen hast du erreicht, dass sie zutraulich wurden. Leider war das ihrer Gesundheit nicht sehr … sagen wir mal … zuträglich.«

Morderek zuckte noch einmal mit den Schultern. »Die Zoologie hat mich schon immer interessiert. Auf der Welt gibt es viele seltsame Tiere, deren Körper Substanzen bergen, die für die Magie sehr nützlich sind.« Mit einer ausladenden Gebärde deutete er auf den riesigen Urwald um sich herum. »Hast du eine Ahnung, was ich hier alles gefunden habe?«

»Ich kann es mir denken. Da wir gerade von nützlichen Substanzen sprechen … Ich suche eine ganz spezielle.«

»Welche denn?«

»Phönixblut.«

Morderek lächelte. »Heute ist dein Glückstag, Meisterin.«

»Wir wollen mit der Turmherrin sprechen, junger Magier«, sagte der Großherzog streng.

»Die Turmherrin ist nicht zu sprechen. Ihr müsst daher mit mir vorliebnehmen«, erwiderte Jonás.

»Wir wissen, dass Königin Nawin, die Herrscherin über die Elfen, sich hier verbirgt.«

»Hier verbirgt sich niemand.«

»Lüg nicht, junger Mann«, mischte sich der Erzmagier ein. »Wir wissen …«

»Hier verbirgt sich niemand«, wiederholte Jonás, »denn der Turm hat nichts zu verbergen. Königin Nawin hat hier Zuflucht gesucht und die wird ihr gewährt.«

Der Großherzog runzelte die Stirn. »Was soll das heißen? Wir wollen auf der Stelle mit der Königin sprechen!«

»Ihr seid als Besucher gekommen«, rief ihnen Jonás in Erinnerung. »Es steht Euch nicht zu, irgendetwas zu verlangen. Königin Nawin wünscht nicht, mit Euch zu sprechen. Respektiert ihre Wünsche.«

»Das ist eine Schmach!«, brach es aus dem Großherzog heraus. »Lass uns sofort zu Königin Nawin durch, sonst …!«

»… sonst was?«, fragte plötzlich eine Stimme hinter Jonás kalt.

Dieser fuhr wie von der Tarantel gestochen herum. »Nawin! Was machst du denn hier?«, rief er, doch dann verstummte er überrascht. Die drei Besucher verbeugten sich tief vor der Elfenkönigin.

»Majestät …«, sagte der Erzmagier.

»Meine Herrin …«, sagte der Herzog der Nebelelfen.

»Königin Nawin, oberste Herrscherin über alle Elfen …«, sagte der Großherzog, »wir sind gekommen, um Euch eine große Neuigkeit zu überbringen. Der Aufstand ist niedergeschlagen und alle Feinde Eurer Majestät sind gefangen und eingesperrt. Das ganze Reich verlangt nach Euch als Königin und Herrin. Wir bitten Euch deshalb, nach Hause zurückzukehren.«

Hoch oben im Turm untersuchte Conrado mit gerunzelter Stirn den Spiegel. »Seltsam«, sagte er. »Die Oberfläche der Tür verändert sich.« Er hatte nicht einmal bemerkt, dass Nawin gegangen war.

Sanft strich er über den Spiegel. Das glatte Glas reagierte auf seine Berührung, als wäre es lebendig, und kräuselte sich leicht. »Ist da jemand im Jenseits?«, fragte er verwundert. »Wer bist du?«

Aber die Tür war verschlossen und der Spiegel zeigte ihm nur sein eigenes Abbild. Conrado betrachtete sich nachdenklich, einen jungen Mann Anfang zwanzig, groß, knochig und ein wenig schlaksig, in einer roten Tunika. Ohne recht zu wissen, warum, hob er die rechte Hand und legte sie flach auf das Glas.

Plötzlich spürte er ein starkes Ziehen, als würde er von etwas angesaugt, und beobachtete sich dabei, wie er durch den Spiegel ging – durch die Tür ins Jenseits, ins Totenreich.

Ergriffen musterte die Turmherrin das prächtige Geschöpf, das Morderek in einem riesigen Käfig mit Stäben aus Gold vor sie gestellt hatte. Es handelte sich um einen großen Vogel mit roten und goldenen Federn, Augen, die wie Diamanten funkelten, und einem Kamm, der an Flammen erinnerte. »Ein Phönix«, sagte sie.

»Schlachten musst du ihn selbst«, erklärte Morderek.

»Schlachten …? Ich dachte, sie wären unsterblich.«

»Es gibt einen Weg, sie zu töten. Sieh mich nicht so an, der Phönix muss sterben, sonst kannst du sein Blut nicht für eine Wiederbelebung verwenden.«

Dana seufzte und sah dem Phönix in die Augen. Das Geschöpf reagierte mit einem tiefen, weisen Blick, der in der Seele der Turmherrin zu lesen schien. Sie erschauerte. »Es wird nicht besonders angenehm sein.«

Der Schwarzmagier zuckte mit den Schultern. »Ich nehme an, dich hat ein triftiger Grund hierhergeführt«, erwiderte er. »Warum solltest du also jetzt einen Rückzieher machen?«

»Du hast recht«, sagte Dana plötzlich mit einer Stimme, die nicht ihre eigene war. »Mich hat ein triftiger Grund hierhergeführt und ich werde jetzt keinen Rückzieher machen.«

Morderek erstarrte. Dana hatte mit der melodiösen Stimme der Elfen und sogar mit einem leichten elfischen Akzent gesprochen. »Dana?«, fragte er unsicher.

Sie wandte sich ihm zu und der Schwarzmagier sah zu seiner Bestürzung, dass ihr Gesicht ausdruckslos war und ihr Blick ins Leere ging. Doch sie sagte ganz deutlich und mit dieser fremden Stimme: »So sieht man sich wieder, mein treuloser Lehrling.«

Morderek wich zurück. Seine Augen waren weit aufgerissen. »Shi-Mae!«, stieß er hervor.

»Das verstehe ich nicht«, erwiderte Nawin blass. »Bin ich nicht verraten worden? Dann ist die Prophezeiung also nicht in Erfüllung gegangen?«

Ein plötzlicher Aufschrei zerriss den kalten Wintermorgen.

»Iris!«, rief Jonás.

Ohne einen weiteren Gedanken an die Abgesandten zu verschwenden, teletransportierten sich Jonás und Nawin in die oberste Etage des Turms und liefen zu Iris' Bett. Sie konnten jedoch nicht die geringste Veränderung an ihr feststellen. Iris befand sich nach wie vor in ihrer seltsamen Trance und nichts an ihrer Miene schien dafür zu sprechen, dass sie den Schrei ausgestoßen hatte.

»Aber ich bin mir sicher, dass sie es war«, erklärte Jonás und drehte sich nach allen Seiten um. »Wo steckt denn Conrado?«

»Jonás …« Nawins Stimme klang matt und zitterte vor blankem Entsetzen. Sie starrte mit weit aufgerissenen Augen den Spiegel an. Er folgte der Richtung ihres Blicks. Beinahe hätte sein Herz vergessen zu schlagen. Dort war Conrado, *auf der anderen Seite des Spiegels.* Er kehrte ihnen den Rücken zu und ging davon, in einen sonderbaren gespenstischen Dunst hinein.

»Conrado!«, schrie Jonás, aber sein Freund konnte ihn offenbar nicht hören. Verzweifelt stürzte er zum Spiegel und versuchte, zu Conrado zu gelangen, doch vergeblich. »Das verstehe ich nicht, die Tür ist doch verschlossen! Warum …?«

»Jonás, sieh nur«, flüsterte Nawin. Conrados Gestalt war inzwischen so verschwommen, dass sie kaum mehr von Jonás' Spiegelbild zu unterscheiden war. Und mit einem Mal war er verschwunden. Jonás stierte entgeistert seinen Doppelgänger im Spiegel an, einem Spiegel, der reflektierte, was vor ihm lag, als hätte er nie etwas anderes getan.

»Wie ist es dir gelungen …«, stieß Morderek blass hervor.

Das unheimliche Doppelwesen aus Shi-Maes Geist in Danas Körper lächelte. »… dich zu finden? Das ist für einen Geist nicht besonders schwer. Ich weiß schon lange, wo du bist, ich konnte nur bisher nicht mit dir in Verbindung treten. Dazu brauchte ich jemand Besonderen als Brücke. Deshalb habe ich Dana angesprochen. Ich wusste, wenn sie Kai wieder zum Leben erwecken will, kommt sie nicht an dir vorbei. Ich habe ihr meine Hilfe angeboten als Gegenleistung dafür, dass sie mich mitnimmt. Sie ist eine *Kin-Shannay,* Morderek, ein Bindeglied zum Totenreich.«

Der Schwarzmagier wurde noch blasser. »Das habe ich geahnt«, stieß er nur hervor. »Das Orakel hat mir gesagt, dass sie eine Schlüsselrolle spielt, wenn der Moment eintritt.«

»Du hast das Orakel also ebenfalls befragt. Das erklärt vieles. Aber darum geht es mir jetzt gar nicht. Erinnerst du dich noch an meine letzten Tage im Turm? Nein? Dann helfe ich deinem Gedächtnis auf die Sprünge. Dana war verschwunden und du hast mich angefleht, dich als Lehrling anzunehmen – weil du von jemand Großem wie mir lernen wolltest, so hast du es, glaube ich, formuliert …« Morderek knabberte nervös an seiner Unterlippe. Shi-Maes Geist sprach weiter aus Danas Mund. »Ich hatte noch eine alte Rechnung zu begleichen und verließ den Turm, aber die Sache ging schief und ich kam nie wieder zurück.«

»Ich weiß«, erwiderte Morderek.

»Aber du hast mich nicht vermisst. Dachtest du, das würde ich nicht erfahren? Ich ließ im Turm etwas zurück, das mir gehört und das du ohne die geringsten Skrupel gestohlen hast, als dir klar wurde, dass ich tot war.«

Morderek erbleichte noch eine Spur mehr. »Ich weiß nicht, wovon du redest.«

»Oh, und ob du das weißt! Wie sonst könnte ein einfacher Lehrling der dritten Stufe so viel Macht erlangen, außerhalb einer Zauberschule und ohne Meister, die ihn anleiten? Was verbirgst du hinter diesem Handschuh?«

Der Schwarzmagier war einige Schritte zurückgewichen und warf einen raschen Blick auf seine rechte Hand.

»Ich werde es dir sagen«, fuhr Shi-Mae fort. »Du verbirgst eine verunstaltete Hand, eine Hand, die verletzt wurde, als sie sich etwas anzueignen versuchte, das ihr nicht gehörte. Ich muss zugeben, du hast Mut … oder einen krankhaften Ehrgeiz. Hast du die Macht meines Zauberstabs wenigstens gut genutzt?«

»Du bist tot und warst es damals schon«, erklärte Morderek gereizt. »Du kannst mir keinen Vorwurf machen.«

Danas Miene war ausdruckslos, aber Morderek hätte schwören können, dass Shi-Mae trotz ihrer Körperlosigkeit kühl lächelte. »Ich bin tot. Vergessen wir also die Vergangenheit. Sprechen wir von der Zukunft. Sprechen wir über den Moment.«

Morderek warf ihr einen argwöhnischen Blick zu. »Was willst du?«

»Dass du mir hilfst, ins Leben zurückzukehren.«

»Ich dachte, dein Körper wäre im Schattenlabyrinth gefangen.«

»Unterbrich mich nicht. Wenn sich die Dimensionen einander nähern, sollst du den Stab bereithalten, denn ich werde meine Lebensenergie auf ihn übertragen.«

»Auf einen Gegenstand?«, stieß der Schwarzmagier ungläubig hervor.

»Dieser Stab birgt einen großen Teil meiner Macht – einer Macht, die du dir skrupellos angeeignet hast, glaub nicht, das würde ich vergessen. Sie wird es mir ermöglichen, in der Welt der Lebenden zu bleiben. Und dann hast du genug Zeit, um in Ruhe einen neuen Körper für mich zu suchen.«

»Einen … Körper?«

»Ist dir klar, wie Kai wieder lebendig geworden ist? Er ist in den Körper eines sterbenden Drachen geschlüpft, und zwar in dem Moment, als das Tier seinen letzten Atemzug tat. Eine brillante Idee! Genau so etwas muss man suchen. Wenn ich einen neuen Körper bekomme, geht auch die ganze Macht des Stabs auf ihn über, mitsamt seinen geheimsten Eigenschaften. Ich werde wie der Phönix aus der Asche steigen, nämlich weit mächtiger als vorher.«

»Und was passiert dann mit dem Stab?«

»Sobald mein Geist in ihn schlüpft, wird er zu einem magischen Gegenstand mit eigenem Bewusstsein. Davon hast du schon einmal gehört, oder? Solche Gegenstände sind wirklich mächtig, der Schatz jedes Magiers, der etwas auf sich hält.«

»Aber es wird dein Bewusstsein sein, das den Stab regiert«, wandte Morderek ein. »Du wirst darüber bestimmen, wie und wann seine Macht eingesetzt wird. Und wenn all das auf deinen neuen Körper übergeht, bleibt der Stab völlig leer zurück und ist nur noch ein nutzloses Stück Holz.«

»Keinesfalls«, widersprach Shi-Mae rasch, aber Morderek wusste, dass sie log.

»Dachtest du, das wäre mir nicht klar? Du kannst mich nicht hinters Licht führen. Ich weiß ganz genau, dass ich von alldem nichts habe. Von mir aus kannst du im Totenreich bleiben, Shi-Mae«, schloss Morderek kalt.

»Undankbarer Kerl!«, rief Shi-Mae aus Danas

Mund. »Ich erinnere dich daran, dass ich dich als Lehrling angenommen habe!«

»Nein«, berichtigte Morderek. »Du hast gesagt, diese Ehre müsse ich mir verdienen.«

»Die Umstände zählen nicht! Du bist mein Lehrling und ich bin deine Meisterin. Du musst mir gehorchen!«

Morderek warf seinem Gegenüber einen verächtlichen Blick zu. »Das habe ich nicht vor. Ich gehorche niemandem. Nicht mehr.«

»Du lehnst dich gegen mich auf?«

Morderek zuckte mit den Schultern. »Wenn du es so nennen willst ...«

Es trat Schweigen ein. Der Schwarzmagier wusste sehr wohl, was auf dem Spiel stand.

»Also gut«, sagte Shi-Mae langsam. »Du hast es so gewollt, Morderek, du hast deine Meisterin herausgefordert. Ich verfluche dich!«

Über Mordereks Gesicht huschte ein skeptisches Lächeln. »Ich fürchte mich nicht vor dir. Von dort aus kannst du mir nichts anhaben, Shi-Mae ...«

»Was hast du gesagt?«

Morderek blinzelte überrascht. Dana sah ihn mit ihren blauen Augen verwirrt an. Ihr Elfenakzent war verschwunden.

»Nichts«, antwortete der Magier vorsichtig. »Ist alles in Ordnung ... Turmherrin?«

»Ich glaube, mir war schwindlig«, erklärte Dana und griff sich an die Schläfe. »Wo waren wir stehen geblieben? Ach ja! Der Phönix … Du hattest mir gesagt, dass er sterben muss und dass es einen Weg gibt, ihn zu töten.«

Morderek nickte. »Dann treffe ich die Vorkehrungen.« Er verließ überstürzt den Raum, froh, sich von ihr entfernen zu können.

»Hugo hat mich verraten«, sagte Salamandra immer noch fassungslos. »Ein Verrat … So etwas kam doch in der Prophezeiung vor. Was hat das alles zu bedeuten?«

Fenris stand auf. »Dass wir manches falsch ausgelegt haben«, antwortete er. »Offensichtlich wirst nicht du in deinem eigenen Feuer verbrennen und Nawin wird nicht verraten werden.«

»Immerhin waren wir nicht die Einzigen, die die Worte des Orakels falsch gedeutet haben«, bemerkte Kai. »Auch Morderek hat geglaubt, Salamandra würde in ihrem eigenen Feuer verbrennen.«

»Wir haben uns alle geirrt. Wir alle dachten, die Prophezeiung beträfe sie, weil man bei Feuer automatisch an Salamandra denkt. Aber jeder Magier kann das Feuer herbeirufen und jeder könnte unter bestimmten Umständen darin verbrennen … jeder – außer Salamandra.«

Sie fixierte Fenris mit ihren dunklen Augen. »Morderek will unbedingt, dass alle Teile der Prophezeiung in Erfüllung gehen, Fenris«, erklärte sie. »Er will, dass du …« Sie konnte nicht weitersprechen.

»Er will, dass ich unter entsetzlichen Qualen sterbe«, begriff Fenris. »Den Gefallen werde ich ihm aber nicht tun.«

Kai war unruhig. »Und was hat Morderek dir sonst noch erzählt?«

»Hmm …« Salamandra runzelte die Stirn. »Im Grunde nur geschwollenes Zeug. Er sagte, er würde die Unsterblichkeit erlangen, wenn der Moment eintritt, und er hätte eine Verabredung mit Dana.«

Fenris schnellte hoch wie eine Sprungfeder. »Phönixblut! Teufel noch mal, er ist es! Er hat einen Phönix. Wenn wir den Ort finden, wo Morderek sich versteckt hält, finden wir bestimmt auch Dana.«

»Aber wie sollen wir Morderek finden?«, fragte Salamandra skeptisch.

»Das ist nicht schwer«, antwortete Kai finster. Er hob eine Kralle und zeigte, was daran hing: Der bewusstlose Körper Hugos, des Söldners.

12

Unter Schatten

Conrado …, sagte die Stimme, eine sanfte, kristallklare Frauenstimme.

Conrado versuchte zu sprechen, brachte jedoch keinen Ton heraus. *Wer bist du?,* dachte er.

Erstaunlicherweise schien die andere Person seine Gedanken zu hören. Sie lachte sanft. *Sieh mich an.*

Da entdeckte Conrado vor sich im Dunst eine Frau mit einer goldenen Tunika. *Meisterin,* dachte er.

Ich bin nicht deine Meisterin, widersprach sie. *Sieh genau hin.*

Die Frau war tatsächlich nicht Dana. Sie war klein, aber majestätisch, hatte braunes Haar und ihr Blick war weise und besonnen. *Wer bist du?,* fragte er noch einmal.

Ich heiße Aonia und war vor langer Zeit die Turmherrin. Jetzt lebe ich im Totenreich.

Conrado erschauerte. *Willst du damit sagen, dass ich auch tot bin?*

Nein, das bist du nicht – noch nicht. Ich war dieje-

nige, die dich durch die Tür geholt hat, und dabei hast du deinen Körper nicht zurückgelassen … was bedeutet, dass der Moment unaufhaltsam näher rückt.

Warum hast du das getan?

Um dir viele Dinge zu zeigen. Wir haben allerdings nur wenig Zeit. Folge mir, lass dich von mir durch meine Welt führen.

Die Erscheinung begann, sich im Dunst zu entfernen, und Conrado folgte ihr unruhig.

»Warum wolltet Ihr es denn unbedingt geheim halten? Warum habt Ihr mich nicht eingeweiht?«, fragte Nawin.

»So war es für Eure Majestät sicherer«, antwortete der Großherzog. »Den Rebellen war zugetragen worden, das Haus der Nebelelfen hätte die Fronten gewechselt. Um zu verhindern, dass sie diesen Verdacht bestätigt sahen, musstet Ihr Euch wie immer verhalten, es musste so aussehen, als wüsstet Ihr nichts von einem neuen Bündnis. Nur so hatten wir genug Zeit, Eure Feinde langsam, aber sicher zu enttarnen. Eure plötzliche Flucht überstürzte die Dinge, aber zum Glück waren unsere Netze gut geknüpft.«

Nawin schüttelte bestürzt den Kopf. »Es tut mir leid, dass ich an Eurer Ergebenheit gezweifelt habe«, sagte sie schließlich zum Großherzog. »Und was Euch angeht«, fügte sie an den Herzog des Hauses der Nebelelfen gewandt hinzu, »danke ich Euch für das Vertrauen, das Euer Volk in mich setzt.«

Der Elf verneigte sich vor ihr. »Herrin«, erwiderte er. »Im Namen der Nebelelfen bitten wir Euch untertänigst um Verzeihung für die Abscheulichkeiten, die einige Abtrünnige unseres eigenen Hauses – wie ich zu unserer Schande gestehen muss – gegen Eure Person planten. Wir garantieren Euch, dass wir Euch in Zukunft verteidigen und für Euch kämpfen werden, wann immer es nötig ist.«

Nawin sah ihn dankbar und gerührt an.

»Wir hingegen freuen uns«, erklärte der Erzmagier, »Euch mitteilen zu können, dass in der Schule im Goldwald die Gerüchte verstummt sind, die Euch direkt mit dem geheimnisvollen Verschwinden der Erzmagierin Shi-Mae in Verbindung brachten. Eure Version der Ereignisse setzt sich immer mehr durch, besonders unter den Jüngeren, und die Leitung der Schule hat einstimmig beschlossen, Euch willkommen zu heißen, falls Ihr dort Eure Studien fortsetzen wollt – natürlich nur, wenn Eure königlichen Pflichten es Euch gestatten.«

»Ich kann es nicht glauben«, erwiderte Nawin. »Das alles ist …«

»Wir müssen ins Elfenreich zurück, Majestät«, drängte der Großherzog. »Euer Volk erwartet Euch.«

Die junge Elfenkönigin sah nachdenklich an die Decke. Mehrere Stockwerke über ihnen, in der Turmspitze, versuchte Jonás gerade herauszufinden, was mit Conrado geschehen war, ob er die Tür geöffnet und warum er eigenmächtig beschlossen hatte, über die Schwelle zu gehen. »Ich kann jetzt nicht fort«, widersprach sie leise. »Ich werde hier gebraucht.«

Der Erzmagier wurde blass. »Ihr wisst es nicht, aber heute Nacht wird etwas geschehen …«

»Der Moment, in dem das Totenreich möglicherweise mit der Welt der Lebenden verschmilzt«, unterbrach ihn Nawin. »Ja, ich weiß. Eben deshalb muss ich hierbleiben, bis alles vorbei ist.«

»Aber Majestät … Wir haben das Orakel zurate gezogen. Es ist uns zwar nicht gelungen, seine rätselhaften Worte zu deuten, aber wir haben sehr wohl herausgefunden, dass der Turm …«

»Ich weiß«, fiel ihm Nawin ins Wort. »Aber Ihr braucht keine Angst um mich zu haben. Geht ins Elfenreich und bereitet meine Rückkehr vor. In zwei Tagen bin ich wieder bei meinem Volk.«

Der Großherzog wollte protestieren, aber Nawins Blick duldete keine Widerrede.

Der Phönix sah Dana mit ernster Miene an. Sie hielt das Ritualmesser in der einen Hand und den Kelch, der sein Blut auffangen sollte, in der anderen. Morderek hatte sie für die Schlachtung allein gelassen, aber Dana hatte sich noch nicht dazu durchringen können. »Ich tue es für Kai«, rief sie sich in Erinnerung. »Für Kai und für mich. Für uns beide.«

Im Blick des Phönix lag kein Vorwurf, aber Dana lief es dennoch kalt über den Rücken. »Tut mir leid«, sagte sie. »Aber es geht einfach nicht anders.« Sie hob den Dolch.

»Warte«, war da plötzlich eine Stimme zu hören. Dana fuhr herum. Neben ihr stand Shi-Maes Geist mit verschränkten Armen und blitzenden Augen.

»Was willst du denn jetzt wieder?«, fragte Dana ungehalten.

»Ich habe bereits alles erledigt, was ich hier zu tun hatte.« Dana sah sie neugierig an, aber Shi-Mae ging nicht auf Einzelheiten ein. »Jetzt muss ich ins Totenreich zurück. Es ist Zeit, unsere Verbindung zu lösen.«

»Mit Vergnügen«, erwiderte Dana immer ungeduldiger. Es dauerte nicht lange, bis sie den Verbindungszauber zwischen sich und Shi-Mae beendet hatte.

»Ich muss dir etwas gestehen, *Kin-Shannay*«, erklärte Shi-Mae dann. Ihre Gestalt wurde immer durchscheinender. »Ich wollte nur, dass du mich zu Morderek bringst, weil ich noch eine alte Rechnung mit ihm zu begleichen hatte. Ich habe nicht das geringste Interesse daran, dass du deinen Zauber ausführst, und du solltest wissen, dass dieser Schwarzmagier auch etwas davon hätte.«

»Was …?«

Aber Shi-Mae war bereits verschwunden.

Conrado blieb neben Aonias Geist stehen und sah in die Richtung, in die sie deutete. Am Horizont war eine Art Nebelbank zu erkennen, die blaugrau schimmerte. *Was ist denn das?*, fragte er fasziniert.

Das sind die Untoten, antwortete sie.

Die Untoten?

Rachsüchtige, erbitterte, gewalttätige oder verzweifelte Geister, fasste sie zusammen. *Sie sammeln sich. Sie folgen dem Ruf des Moments.*

Conrado war zutiefst entsetzt. *Ob der Meister wohl unter ihnen ist?,* fragte er sich erschrocken.

Der Meister?, wiederholte Aonia mit einem seltsamen Unterton. *Natürlich nicht. Er ist doch im Schattenlabyrinth zurückgeblieben. Jetzt existiert er nicht mehr, weder als Lebender noch als Toter.*

Conrado sah sie ungläubig an. *Aber die Prophezeiung besagt doch ...*

Was die Prophezeiung besagt, ist möglicherweise etwas anderes als das, was ihr daraus abgeleitet habt.

Conrado sann über ihre Worte nach, während er den Blick wieder auf die Untoten richtete. *Was wollen sie denn?,* fragte er mit einem Schauder.

Sie hassen die Lebenden. Sie wollen eure Welt zerstören, Conrado. Sobald der Moment naht, werden sie massenhaft auf die Tür zuströmen.

A... aber ... ich dachte, sie wollten wieder lebendig werden.

Das wollen viele Tote, ja, aber nicht die Untoten. Wenn sich die Tür öffnet, werden nicht nur all diejenigen hindurchzukommen versuchen, die wieder lebendig werden wollen, sondern auch das Heer der Untoten.

Und was können wir dagegen unternehmen? Die Prophezeiung …

Kämpfen, unterbrach ihn Aonia. *Um das Leben kämpfen. Wenn ihr Lebenden das nicht tut, wer dann?*

Mit einem Mal war sie verschwunden und Conrado sah sich verblüfft nach allen Seiten um. Als er sie ein Stück entfernt im Dunst entdeckte, folgte er ihr. Erst da wurde ihm klar, dass die Entfernungen im Jenseits trogen, denn als er sie eingeholt hatte, stellte er fest, dass sie sich nun in unmittelbarer Nähe all der zusammengeströmten Untoten befanden.

Conrado hätte beinahe aufgeschrien. Der wabernde Nebel setzte sich aus verzerrten Gesichtern zusammen, in deren finsteren Blicken Hass funkelte. Aus ihren Kehlen drang eine Mischung aus Wehklagen und wütendem Geheul – ein gruseliger, kreischender Singsang. Conrado wich entsetzt zurück.

Du bist hier in großer Gefahr, erklärte Aonia. *Mir können sie nichts tun, aber du bist lebendig …*

Warum hast du mich dann hergebracht?, fragte Conrado zitternd.

Es war notwendig, damit du es siehst … und verstehst …

Conrado wollte gerade etwas erwidern, als mehrere der Untoten plötzlich seine Anwesenheit bemerkten. *EIN LEBENDER!!,* kreischten sie voller Hass. Tausende von leblosen Augenpaaren richteten sich auf ihn.

Jonás saß völlig niedergeschmettert vor dem Spiegel. Er warf sich vor, versagt zu haben, und fragte sich, wie er es wiedergutmachen und Conrado retten konnte. Er hob den Kopf und starrte eindringlich in den Spiegel, der sein Bild zurückwarf. »Ich kann nicht die Hände in den Schoß legen«, sagte er sich. »Auch wenn es riskant ist – ich muss diese verflixte Tür aufbekommen und Conrado da herausholen.«

Nawin war noch nicht wieder zurück, vermutlich sprach sie noch immer mit der Elfenabordnung. Aber Jonás konnte nicht warten. Er sprang auf. Sein Blick schweifte durchs Zimmer. Auf einem niedrigen Tischchen entdeckte er einige zerknitterte Pergamente, auf die jemand in aller Eile etwas gekritzelt hatte. Der Magier lächelte. »Du bist noch genauso vergesslich wie früher«, flüsterte er.

Noch bevor er nach den Papieren gegriffen hatte, wusste er, was er darauf finden würde: Die Anweisungen zum Öffnen der Tür, die Conrado vorsichtshalber notiert hatte, bevor er in den Turm gekommen war.

Conrado wollte schreien, brachte jedoch keinen Ton heraus.

Flieh!, rief Aonia.

Conrado versuchte davonzulaufen. Er nahm wahr, wie sein Körper sich ganz langsam bewegte, spürte den Atem der Untoten im Nacken, begriff, dass sie ihn einholen würden. *Wie bewegt man einen Körper in einer Welt, in der es keine Körper gibt?*, fragte er sich verzweifelt. Er stolperte über seine eigenen Füße und fiel hin. Die blaugraue Masse stürzte auf ihn zu …

Morderaks Beweggründe sind mir gleich, sagte sich Dana. *Nur Kai ist wichtig. Nur unsere gemeinsame Zukunft.*

Der kristallklare Blick des Phönix drang bis auf den Grund ihrer Seele.

Warum ist es dann so schwer?, überlegte sie. *Ich versuche, einen Traum in die Tat umzusetzen. Wie kann das unrecht sein?*

Sie selbst hatte auf diese Fragen keine Antwort. Der Phönix schien alle Antworten zu kennen, aber Dana wusste, dass er sie ihr nicht verraten würde.

»Turmherrin«, mischte sich Morderek ein. »Der Moment rückt näher.« Er war lautlos hereingekommen und hatte sich hinter sie gestellt. Dana drehte sich um, sah ihm tief in die Augen und versuchte, in seiner Seele zu lesen.

Jonás hatte sich mit erhobenen Armen vor den Spiegel gestellt, konzentrierte sich auf die Tür und atmete langsam und tief, um magische Energie zu sammeln, bevor er die Zauberformel auszusprechen begann. Für das, was er vorhatte, musste man sehr mächtig sein, so wie Dana, oder die Technik des Zaubers perfekt beherrschen, so wie Conrado, der weit mehr studiert hatte als jeder andere Magier in seinem Alter.

Auf Jonás traf weder das eine noch das andere zu. Aber er hatte Zutrauen und Mut und war bereit, das Risiko einzugehen. Es machte ihm nichts aus, kein glänzender Schüler gewesen zu sein und zu wissen, dass er nie ein Erzmagier werden würde. Er gab mehr auf seine Willenskraft als auf seine Magie. Iris und Conrado waren im Jenseits gefangen. Er durfte sie nicht im Stich lassen. Wort für Wort sprach er die Formel aus, die die Tür öffnen würde.

Conrado machte langsam die Augen auf und riskierte einen Blick. Was er sah, erfüllte ihn mit Erleichterung und Befremden. *Gehen sie?*

Offenbar hat etwas ihre Aufmerksamkeit geweckt, erklang Aonias Stimme in seinem Kopf.

Conrado rappelte sich auf. Seine Beine waren immer noch ganz schwach.

Du musst in deine Welt zurück, schnell, drängte Aonia.

Conrado zögerte. *Vorher möchte ich dich noch etwas fragen. Könntest du mir helfen, die Seele eines Mädchens zu suchen, das hier gefangen ist?*

Aonia lächelte und nahm ihn an der Hand. Es war keine wirkliche Berührung, aber Conrado konnte sie irgendwie wahrnehmen und fand sie warm im Vergleich zu der Kälte, die sonst im Totenreich herrschte. Plötzlich begann sich alles zu drehen, und als die Dinge wieder in den Normalzustand zurückkehrten, befanden sie sich woanders. Das Heer der Untoten war nirgends mehr zu sehen.

Ist Iris hier?

Sie ist hier.

Wie seltsam .... Ich dachte, die Untoten hätten sie entführt oder so.

Aonia lachte mit sanfter, singender Stimme. *Warum sollten sie das tun?*

Warum haben sie sie sonst zur Tür gelockt? Sie brauchten eine Brücke und eine Energiequelle ...

Ja, sie brauchten eine Brücke, deshalb riefen sie durch den Spiegel nach ihr und sie hörte sie, weil der Moment schon kurz bevorstand. Aber Iris' Lebensenergie ist für die Bedürfnisse der Geister nicht ausreichend. Sie benutzen Iris, um beide Dimensionen einander anzunähern, als wäre das Jenseits ein Schiff, das einen Hafen anläuft, und Iris ein Seil, das ihm vom Festland aus zugeworfen wird. Aber Leben müssen sie sich woanders holen. Wenn sie diesem Mädchen die Lebensenergie entziehen würden, wäre sie sofort tot und die Verbindung würde abreißen, bevor der Moment eintritt.

Aber von wem holen sie sich dann ...?, setzte Conrado an, unterbrach sich jedoch, als ihn etwas stutzig machte. Iris. Sie kauerte mit geschlossenen Augen in einer Ecke. Ihr Bild war so körperlos wie das von Aonia. Conrado beugte sich über sie und versuchte sie zu berühren, aber seine Hand griff durch das Mädchen hindurch. Sie nahm die Berührung jedoch wahr, denn sie wachte auf und sah ihn ein wenig verwirrt an.

Nimm sie mit, geht fort, bevor es zu spät ist, sagte der Geist der Zauberin.

Zu spät?

Weißt du, was die Untoten weggelockt hat?, fragte sie zurück. *Jemand ist dabei, die Tür zu öffnen.*

Kai flog über die Nebelberge. Seine Bewegungen wurden immer langsamer und schwerfälliger. Er schob es zwar auf die Tatsache, dass er drei Personen auf dem Rücken trug, doch im Grunde fürchtete er sich davor, Dana zu treffen – und sie aufzuhalten. Was sie ihm mit ihrer Magie gezeigt hatte, entsprach nämlich auch seinem sehnlichsten Traum. Einen menschlichen Körper zu haben und Dana endlich umarmen zu können …

»Sie muss hier in der Nähe sein«, sagte da Salamandra, »wenn dieser Kerl uns nicht angelogen hat.« Bei ihren letzten Worten versetzte sie Hugo, der vor ihr saß, einen Fußtritt. Aber weil sie sich dazu ziemlich verrenken musste, tat sie dem Söldner kaum weh.

Hugo hatte ihnen gestanden, dass Morderek ihm eine stattliche Summe in Aussicht gestellt hatte, wenn er Salamandra zu ihm führte, allerdings nur, wenn sie alleine kam. Als Hugo erfahren hatte, dass Fenris und Kai zu Salamandra stoßen würden, hatte er deshalb Morderek Bescheid gesagt und dieser hatte die Feuertänzerin abgefangen, um gegen sie anzutreten, bevor ihre Freunde eintrafen.

Salamandra hatte nach diesem Geständnis sofort Hugos Taschen durchsucht und die kleine Kristallkugel entdeckt, mit deren Hilfe Hugo Morderek seine Berichte übermittelt hatte. Fenris hatte Salamandra davon abgehalten, durch die Kristallkugel Verbindung zu Morderek aufzunehmen und ihm zu sagen, dass sie noch am Leben war und es ihm heimzahlen wollte. Es war besser, den Schwarzmagier zu überrumpeln.

Salamandra musste sich also in Geduld üben und ihren Unmut erst einmal an Hugo auslassen, soweit dies auf Kais Rücken möglich war.

Fenris suchte mit seinem scharfen Elfenblick den Horizont ab. »Siehst du etwas, Kai?«, fragte er den Drachen.

»Hm …? Nein, nein, noch nichts.«

»Ich frage mich …«, sagte Fenris zu sich selbst und sah Kai dabei nachdenklich an, kam jedoch nicht dazu, den Satz zu Ende zu sprechen. Der Elfenmagier war der Einzige in der Gruppe, der die ernste Miene und den traurigen Blick von Danas bestem Freund bemerkt hatte.

Die Turmherrin nahm etwas Trübes auf dem Grund von Mordereks Blick wahr, wandte sich jedoch noch mit dem Dolch in der Hand dem Phönix zu. Das Bild von Kai, dem Menschen, dem blonden Jungen, dessen

Augen liebevoll funkelten, wenn er sie anlächelte, schnürte ihr das Herz zusammen.

»Tut mir leid«, flüsterte sie. »Ich liebe dich aus tiefster Seele, aber ... ich bringe es nicht fertig.« Sie ließ die Arme sinken. Das Ritualmesser glitt ihr aus den Fingern und schlug auf die Bodenfliesen.

Kai spürte, wie etwas seine Seele durchbohrte. Einen Moment lang drohten seine Kräfte zu versagen und er sackte einige Meter ab, fing sich jedoch sofort wieder.

»He!«, rief Salamandra. »Pass besser auf, du hast mir einen Mordsschrecken eingejagt!«

Kai erwiderte nichts. Er war so eng mit Dana verbunden, dass er selbst auf die Entfernung ihren Schmerz deutlich wahrgenommen hatte. Er begriff, dass seine Freundin eine Entscheidung getroffen und nicht den leichtesten Weg gewählt hatte.

O Dana, seufzte er. *Es wäre wunderschön gewesen ... aber nicht auf diese Weise. Das Leben und der Tod haben uns gezeigt, dass unsere Liebe nicht sein soll ...* Er schloss die Augen, um die Tränen zurückzudrängen, und spürte, wie Fenris' Hand den Ansatz seines rechten Flügels drückte, um ihn zu trösten.

Dana sprach sanft eine kurze Zauberformel aus. Daraufhin löste sich die Kette, mit der der Phönix gefesselt war, spurlos auf. Der magische Vogel stieß einen Triumphschrei aus, breitete die Flügel aus und schwang sich in die Luft. Im Handumdrehen war er durchs offene Fenster in die Freiheit entkommen.

Morderek hatte es vor Überraschung die Sprache verschlagen. »Aber ... was hast du getan?«

Die Turmherrin wandte sich ihrem ehemaligen Schüler zu. »Tut mir leid, aber es musste sein. Und entschuldige die Störung, es war ein Fehler, hierherzukommen.«

Der Schwarzmagier zitterte vor Wut. »Du hast alles kaputt gemacht!«, schrie er. »Die Prophezeiung wird nicht in Erfüllung gehen, wenn Kai seinen wahren Körper nicht zurückbekommt.«

Dana sah ihn verblüfft an und begriff auf einmal Shi-Maes Worte. »Du wusstest von der Prophezeiung? Und hast mich deshalb erwartet? Du hast mich ... hinters Licht geführt?«

»Die Antworten auf diese Fragen werden dir nichts nützen, Turmherrin«, versetzte Morderek mit zornig blitzenden Augen, »denn du wirst sterben.«

Er hob die Hand und auf seinen stummen Ruf hin materialisierte sich darin ein Gegenstand, den Dana augenblicklich wiedererkannte. »Shi-Maes Stab!«, rief sie. »Jetzt wird mir alles klar!«

Sie wappnete sich gegen seinen Angriff. Wenn Morderek mit dem Stab der mächtigen Elfen-Erzmagierin umgehen konnte – und das schien der Fall zu sein –, würde es kein einfacher Kampf werden.

Der Schwarzmagier hob den Stab und lächelte kalt. »Auf Nimmerwiedersehen, Turmherrin.«

13

Die Untoten

Jonás spürte, wie die Tür Stück für Stück aufging. Er runzelte vor lauter Konzentration die Stirn. Er hatte die Augen geschlossen und konnte deshalb nicht sehen, ob im Spiegel eine Veränderung eingetreten war, aber das war auch nicht nötig. Er würde es schaffen. Das sagte ihm ein untrügliches Gefühl.

Im Jenseits heulten die Untoten voller Hass und drängten sich an der Stelle zusammen, wo sich der Übergang zur Welt der Lebenden auftun würde. Hinter ihnen, aber in sicherer Entfernung, wartete eine große Menge anderer Geister ebenfalls auf ihre Gelegenheit, durch die Tür zu schlüpfen und wieder lebendig zu werden.

Die Untoten brüllten vor Ungeduld. Alle Bewohner des Jenseits konnten sie hören – aber für die Lebenden waren sie unhörbar, und deshalb konnte der junge Magier, der die Tür zu öffnen versuchte, nicht ahnen, was hinter dem Spiegel vor sich ging.

Dana sprang zur Seite, um einem magischen Blitz aus Mordereks Stab auszuweichen. Sie rollte über den Boden, bis sie hinter einem der Käfige Schutz fand, und sprach schnell eine Zauberformel aus. Plötzlich blinzelte Morderek verwirrt. Er starrte seine Hände an und stellte fest, dass sie zusehends gefroren. Als der Eiszauber bereits seine Schultern erreicht hatte, konzentrierte der Schwarzmagier mit letzter Willensanstrengung all seine Energie auf den Zauberstab. Daraufhin begann seine rechte Hand aufzutauen und bald darauf hatte Morderek den Zauber vollständig bezwungen.

Doch Dana hatte bereits den nächsten Zauber parat. Der Angriff mit Eis war nur ein Ablenkungsmanöver gewesen, um Zeit zu gewinnen und mächtigere Verbündete anzurufen. Das begriff Morderek schlagartig, als der Boden unter seinen Füßen zu beben begann. Mit einem Mal zersprangen die Fliesen und etwas brach mit wütender Heftigkeit aus der Erde hervor. Das ganze Gebäude geriet ins Wanken. Verunsichert errichtete Morderek gerade noch rechtzeitig einen Schutzschild. Als er den Blick hob, sah er, dass vor ihm ein riesiger Golem aus Stein aufragte, der mit seinem unförmigen Kopf an die Decke stieß und ihn mit Augen anstarrte, die schwarz und tief wie unergründliche Schächte waren.

Der Golem knurrte und stieß mit der Faust nach Morderek. Dieser löste sich in letzter Sekunde in Luft auf und die riesige Steinfaust donnerte gegen den

Fußboden, sodass alles erbebte und die Wände Risse bekamen. Morderek materialisierte sich direkt hinter dem steinernen Koloss, richtete seinen Stab auf ihn und ließ ihn mit einem mächtigen Blitz in tausend Stücke zerspringen.

Dana duckte sich in ihr Versteck, um sich vor den Splittern zu schützen. Verblüfft darüber, mit welcher Leichtigkeit Morderek die Kreatur aus dem Weg geräumt hatte, fragte sie sich, ob sie Zeit haben würde, einen Dämon oder einen Elementargeist anzurufen. Dazu musste sie sich sehr konzentrieren und das war während eines Zauberduells nicht möglich.

Sie richtete einen neuen Zauber auf Morderek, um Zeit zu gewinnen. Der Magier wehrte den magischen Blitz mit seinem Stab ab, woraufhin dieser hell aufleuchtete. Dana begriff sofort, was geschehen war: Shi-Maes Stab war erwacht und entfesselte nun seine ganze Macht.

Anfangs wirkte Morderek überrascht und erschrocken und hätte den Stab beinahe fallen lassen. Doch dann schloss er die Hand fester um ihn und gewann die Kontrolle zurück. Dana war sich nicht sicher, ob sie gegen diese ungeheure Macht noch eine Chance hatte.

Plötzlich sank die Raumtemperatur ohne ersichtlichen Grund beträchtlich ab. Eine andere Macht war ins Spiel gekommen und stellte die des Stabs in den Schatten, sodass er plötzlich erlosch. Dana spürte, wie ihr Blut ins Stocken geriet. Vor ihr stand ein grünes, schlankes, menschenähnliches Geschöpf mit Ziegenhörnern und gelben Augen, das sie böse anfunkelte. *Ein Dämon,* dachte sie erschüttert. Dämonen waren unsterblich, und wenn dieser hier auf Mordereks Seite kämpfte, war sie machtlos. *Wie hat er das nur gemacht?,* fragte sie sich.

Dann entdeckte sie hinter dem Dämon eine Gestalt mit einer weißen Tunika, der Tunika eines Lehrlings der ersten Stufe. Sie hörte Mordereks befriedigtes Lachen. »Gut gemacht, Saevin«, sagte der Schwarzmagier.

Jonás wusste, dass der anfängliche Widerstand überwunden war. Noch ein wenig mehr Zauberenergie und die Tür würde sich öffnen, dann konnte er ins Jenseits, um seine Freunde zu retten …

Plötzlich hörte Jonás hinter sich einen Schrei des Entsetzens, doch er drehte sich nicht um und machte die Augen auch nicht auf. Er war so auf das konzentriert, was er tat, dass er die wabernden Gesichter im Spiegel nicht bemerkte, Fratzen mit zornblitzenden Augen und hasserfüllt knurrenden Mündern.

Es war dieser Anblick, der Nawin hatte aufschreien lassen. Sie hatte die elfischen Abgesandten fortgeschickt und gerade den Raum betreten.

Dana tastete ihren Gürtel nach dem Zauberpulver ab, mit dem sie den Kreis markierte, wenn sie Wesen aus anderen Dimensionen herbeirief. Ja, offenbar hatte sie ein Säckchen dabei. Es war riskant, aber wenn es ihr gelang, einen geschlossenen Kreis um den Dämon zu ziehen, würde dieser darin gefangen sein.

Das Geschöpf mit den Ziegenhörnern lächelte. »Träum weiter, Menschenfrau«, sagte es mit kehliger Stimme.

Es reckte die Arme und stieß seinen Fluch aus. Die Erzmagierin hob ebenfalls die Hände und versuchte, ihn abzuwehren. Sie verspürte die Wucht der teuflischen Energie und ihre Hände brannten, als wären sie mit Säure in Berührung gekommen, sie gab sich jedoch nicht geschlagen. Sie wusste, wenn der Fluch sie traf, konnten ihr schreckliche Dinge zustoßen – vielleicht würde sie in ein lebendes Skelett verwandelt oder endete als schlichtes Häuflein Asche.

»Halt, Jonás, tu's nicht!«, schrie Nawin. Er schien sie nicht zu hören, weshalb Nawin ihn an seiner Tunika packte und ihn verzweifelt schüttelte. »Verdammt noch mal! Merkst du es denn nicht? Sieh doch in den Spiegel!«

Da machte Jonás endlich die Augen auf, als erwachte er aus einer Trance. Als Erstes fiel sein Blick auf die furchterregende Ansammlung von Untoten im Spiegel. Er wich erschrocken zurück und versuchte, die Verbindung zwischen der Tür und seiner Magie zu unterbrechen, doch es war zu spät. Die Tür war so gut wie offen. Im Jenseits heulten und drängelten sich die Untoten.

Dana spürte, wie etwas sie tief in ihrem Inneren traf und ihr unerträglich wehtat, und einen Moment lang dachte sie, der Fluch des Dämons hätte sie erfasst. Doch dann merkte sie, dass es eine Reaktion auf etwas war, das in großer Entfernung geschehen war und doch zwei ganze Welten betraf. Die Tür war offen. Dana verlor die Konzentration und ihr Schutzschild löste sich auf.

Conrado stürmte über die Schwelle und schrie: »Schließt die Tür, schließt die Tür!«

Jonás versuchte zu reagieren. Eine blaugraue Masse quoll aus der Tiefe des Spiegels und überrollte Conrado, sodass er zu Boden ging. Es war ein entsetzter Aufschrei zu hören. Jonás drehte sich um und sah Iris. Ihre riesigen Augen waren weit aufgerissen und starrten verstört das Heer von Untoten an, das aus dem Jenseits in die Welt der Lebenden drängte.

Jonás keuchte. Die Untoten ignorierten ihn. Hunderte von leblosen Augenpaaren richteten sich auf die Person, die sich völlig gelähmt vor Entsetzen an die Wand gedrückt hatte. Nawin.

Dana verlor das Gleichgewicht und stürzte zu Boden, aber der Fluch des Dämons erreichte sie nicht. Sie hob überrascht den Blick und bemerkte, dass das Wesen unerklärlicherweise verschwunden war – und zwar im selben Moment, als die Tür geöffnet worden war. Die Turmherrin tauschte einen Blick mit Morderek.

Er hatte es ebenfalls gespürt und war nicht weniger verwirrt.

Plötzlich waren ein Brüllen und ein Schlag zu hören, der klang, als stürzte ein ganzes Gebirge ein, und die Decke donnerte zu Boden. Dana wich zurück und hielt sich schützend die Arme über den Kopf. Als sie wieder einen Blick riskierte, verschlug es ihr die Sprache.

Durch das riesige Loch in der Decke zeichnete sich gegen den Nachthimmel ein großer Drachenkopf mit goldenen Schuppen und grünen Augen ab. »Kai …«, flüsterte sie.

Fenris kletterte von Kais Rücken und lief zu ihr. »Alles in Ordnung, Dana?«

Sie drückte ihren Freund an sich, während Salamandra von Kais Rücken sprang. Morderek war nirgends zu sehen, genauso wenig wie Saevin.

Dana hob den Kopf und sah den Drachen an. Bei seinem Anblick verspürte sie einen tiefen Schmerz wegen der Gelegenheit, die sie soeben verschenkt hatte, indem sie den Phönix freigelassen hatte. Andererseits hämmerte etwas in ihrem Bewusstsein mit aller Wucht, etwas, das sich nicht ignorieren ließ und möglicherweise absolut grauenerregende Folgen hatte. »Fenris, Kai …«, flüsterte sie. »Der Moment ist da. Und jemand hat die Tür aufgemacht.«

»Wie bitte?«, rief Fenris verblüfft.

Dana straffte sich. »Ich muss zurück«, erklärte sie. »Ich habe meine Pflichten zu lange vernachlässigt.«

»Jonás war im Turm«, flüsterte Kai mit einem besorgten Funkeln in seinen grünen Augen.

Kais Worte trafen Salamandra wie ein Schlag in die Magengrube. »Jonás?«, fragte sie zitternd. Sie ertappte sich selbst dabei, wie sie um sein Leben bangte, und warf Dana einen verunsicherten Blick zu.

Kai erfasste die Situation auf Anhieb. »Am besten kehrt ihr beide in den Turm zurück«, schlug er vor. »Fenris und ich machen die schmutzige Arbeit zu Ende«, fügte er hinzu und sah sich nach Morderek um. Er entdeckte ihn zwischen den Trümmern, wie er gerade benommen den Kopf schüttelte. Er blutete an der Schläfe.

»Darauf kannst du Gift nehmen«, knurrte der Elfenmagier, dessen bernsteingelbe Augen vor Zorn funkelten.

Morderek sah sich verwirrt um. Es überraschte ihn, dass Salamandra am Leben war, aber er fand sich schnell damit ab. Zahlenmäßig war er jetzt im Hintertreffen. Wo zum Teufel steckten Saevin und seine Dämonen? Und selbst wenn Dana und Salamandra abzogen, würde er kostbare Zeit verlieren, wenn er gegen Fenris und Kai kämpfte. Der Moment würde nicht ewig dauern. Deshalb versuchte er, sich in den Turm zu teletransportieren, musste jedoch feststellen, dass der Zauber nicht funktionierte. Jemand hatte ihn blockiert. Mordereks Blick wanderte zu Fenris, der finster lächelte.

Dana sah Salamandra an, die nickte, obwohl ihr die

Angst in den dunklen Augen geschrieben stand. Dann wandte sie sich Kai zu. »Kai, ich muss dir etwas sagen ...«

»Ich weiß«, beruhigte er sie. »Es ist alles gut, Dana. Hab Vertrauen.«

Dana lächelte und sagte unhörbar ›Ich liebe dich‹. Sie wusste, dass Kai sie verstand. »Vorsicht mit Saevin«, rief sie noch, bevor sie sich aufmachte. »Er ist hier und weiß, wie man Dämonen anruft.«

Verwundert hob Fenris eine Augenbraue. Doch da brüllte Kai und ging auf Morderek los. Innerhalb von Sekunden hatte sich ein neuer Kampf entsponnen zwischen dem Schwarzmagier, dem Elfenzauberer und dem Drachen.

Dana und Salamandra hingegen waren verschwunden.

Nawin schrie und sank auf die Knie. Stöhnend schlug sie sich die Hände vors Gesicht, als trüge sie eine schwere Last. Jonás starrte sie erstaunt an. Irgendetwas ging mit der Elfenkönigin vor sich, etwas, das mit den Untoten zu tun hatte, aber er kam einfach nicht dahinter ...

»Jonás, hilf mir!«, schrie Conrado. »Wir müssen sie aufhalten!«

Jonás musste sich von Nawins Anblick losreißen und wandte sich Conrado zu, der dabei war, einen komplizierten Abwehrzauber auszuführen. Er steuerte seine eigenen Kräfte bei und die Magie schoss mit der Macht der Verzweiflung aus ihnen, prallte frontal gegen die heulenden Untoten und drängte sie wieder in den Spiegel zurück.

»Es funktioniert!«, rief Iris, die sich hinter Conrado verschanzt hatte.

»Nein«, sagte Conrado. »So können wir sie vielleicht eine Weile bremsen, aber zum Umkehren bringen wir sie nicht.«

»Wie lange halten wir noch durch?«

Conrado schüttelte den Kopf, während er sich mit zusammengebissenen Zähnen auf die Barriere konzentrierte. »Ich weiß es nicht, Jonás. Wir dürfen nicht vergessen, dass unsere Kraft immer mehr nachlässt, während ihre zunimmt ...«

»Ihre Kraft nimmt zu? Was soll das heißen?«

Conrado antwortete nicht, aber Jonás begriff schlagartig. Voller Entsetzen wandte er sich nach Nawin um. Sie veränderte sich. Ihr Gesicht war kein kindliches Elfengesicht mehr, sondern das einer Jugendlichen. Nawin alterte.

»Nein!«, keuchte Jonás. »Warum sie?«

»Weil sie noch am meisten Leben vor sich hat«, antwortete Conrado. »Unter diesem Gesichtspunkt ist sie die Jüngste der Gruppe. Jedem von uns könnten sie ein gutes halbes Jahrhundert rauben, aber ihr ...« Er sprach den Satz nicht zu Ende.

»Elfen können bis zu tausend Jahre alt werden«, flüsterte Jonás. »Deshalb ist ihre Wahl auf sie gefallen. Wir müssen etwas unternehmen!«

»Sie haben ihre Lebensenergie angezapft. Wir können sie nur befreien, indem wir die Untoten wieder ins Jenseits schicken und die Tür hinter ihnen schließen. Aber leider weiß ich nicht, wie ich das bewerkstelligen soll. Zum Glück hat Nawin noch viel Leben vor sich. Das gibt uns Zeit.«

»Wie sollen wir gegen etwas kämpfen, das eigentlich längst tot ist?«, fragte Jonás. Er sah Conrado hilflos an. Kleine Schweißperlen traten ihm auf die Stirn. Beide Magier standen weiterhin vor dem Spiegel und hielten den Abwehrzauber aufrecht. Solange dieser aktiv war, würden die Untoten zumindest nicht ausschwärmen können. Aber Conrados und Jonás' Kräfte waren begrenzt, Iris war gerade mal ein Lehrmädchen der ersten Stufe und Nawin war zur Hilfe nicht in der Lage.

»Dann … geht die Prophezeiung jetzt in Erfüllung?«, keuchte Jonás.

»Du hast die Tür aufgemacht, ich habe eine gefährliche Reise unternommen, Iris hat den Ruf der Toten vernommen und Nawin opfert ihre Lebensenergie«, antwortete Conrado. »Alles ist genau so, wie das Orakel vorhergesagt hat.«

»Nur haben wir es anders gedeutet«, flüsterte Jonás niedergeschmettert. »Verdammt noch mal … Hoffentlich ist es noch nicht zu spät.«

»Das ist es nicht«, ließ sich plötzlich eine Stimme hinter ihnen vernehmen. »Es ist nie zu spät.«

Sogleich spürten sie, wie die Barriere mit neuer

magischer Energie belebt und verstärkt wurde. Der Schutzschild gewann an Kraft und die Untoten wichen zurück.

»Dana! Salamandra!«, rief Jonás freudig, besorgt und zugleich unendlich erleichtert.

Salamandra stellte sich neben ihn und lächelte ihn aufmunternd an. Aller Groll schien vergessen. Beide fühlten sich wieder so verbunden wie in alten Zeiten.

»Meisterin!«, rief Conrado. »Ich war im Jenseits, ich habe Aonia gesehen …« Dana blinzelte überrascht. »Sie hat mir erklärt, dass es weise Geister gibt, die bereit sind, gegen die Untoten zu kämpfen, nur sie können sie besiegen. Aber sie kommen nicht durch, weil die Untoten die Tür verstopfen. Aonia meinte, du wüsstest, was zu tun ist.«

Dana schüttelte den Kopf und versuchte zu überlegen. Sie verstand Aonias Nachricht nicht ganz. *Aber das macht nichts,* dachte sie. *Wenn sie glaubt, ich könnte etwas tun, dann muss ich es versuchen.*

Gelassen und selbstsicher ging sie auf die Untoten zu. »Zurück mit euch!«, befahl sie ihnen.

Sie erntete nur verächtliches, unfreundliches Gelächter. *Du hast keine Macht über uns, Kin-Shannay,* erwiderten sie.

Alle außer Dana hörten nur ganz fern und undeutlich, was die Untoten sagten. Sogar in diesem Moment, wo beide Dimensionen sich so sehr angenähert hatten, besaß nur sie die Macht, sich mit den Toten zu verständigen. »Macht kehrt«, beharrte sie. »Für euch ist bei den Lebenden kein Platz.«

Bald wird es keine Lebenden mehr geben, Kin-Shannay, widersprachen die Untoten. *Bald werden wir Toten allein über die Welt herrschen.*

Der Moment war gekommen und Morderek konnte nicht in den Turm, ohne vorher Fenris und Kai zu besiegen. Fenris besaß nicht so viel Macht wie Dana oder er selbst, aber doppelt so viel Erfahrung, und er war lautlos, schnell und absolut unberechenbar. Was Kai anging, so konnte er zwar nicht mit Magie umgehen, war jedoch immerhin ein Drache.

Morderek hatte auf sich selbst einen Kältezauber angewendet, um sich vor dem Feuer des Drachen zu schützen, der einzigen Art von Flammen, gegen die die Zauberer nicht immun waren. Doch das löste nicht das Problem mit Kais Zähnen und Krallen, sodass der Schwarzmagier nicht nur Fenris' Magie, sondern auch den tätlichen Angriffen des Drachen ausweichen musste. Zwischendurch versuchte er, Gegenangriffe zu starten. Das war nicht einfach, aber Morderek hatte nicht vor, die Waffen zu strecken.

Es ist sinnlos, wenn du uns aufzuhalten versuchst, fuhren die Untoten fort. *Ihr könnt diese Barriere nicht mehr lange halten.*

Dana wusste, dass sie recht hatten. Sie musste etwas unternehmen. Sie hatte enorme Macht in sich, die sie bisher nie bis zum Äußersten eingesetzt hatte. *Jetzt ist es so weit,* dachte sie. Sie zog sich ein wenig zurück, holte tief Luft und öffnete ihre Seele, um die Energie des Universums zu bündeln und sie in Form eines Zaubers gegen die Untoten zu wenden. Schließlich war sie eine Erzmagierin. Vor langer Zeit hatte ein Einhorn ihr eine Macht übermittelt, die ihren Geist hatte wachsen lassen und sie zu einem Wesen gemacht hatte, das den meisten anderen Magiern überlegen war.

Iris schrie auf, als sie Dana erblickte. Ihre Augen funkelten unmenschlich, als enthielten sie sämtliche Sterne des Weltalls. Dann bündelte die Turmherrin all ihre Magie und ließ sie auf einen Schlag in einen Abwehrzauber fließen. Sie spürte, wie sie ganz leer wurde, hielt jedoch nicht inne, sondern lenkte auch noch das letzte Quäntchen ihrer Energie in diesen Zauber.

Die Heftigkeit von Danas Eingreifen führte dazu, dass Jonás, Conrado und Salamandra das Gleichgewicht verloren. Der Abwehrzauber der drei jungen Magier verflüchtigte sich, aber die Untoten heulten auf und wurden von der Magie der Turmherrin in den Spiegel zurückgedrängt.

»Ja!«, schrie Salamandra.

Dana taumelte erschöpft und sackte zu Boden. Sie hatte keine Kraft mehr.

»Lasst uns die Tür schließen!«, rief Conrado aufgeregt.

Jonás hatte sich schon wieder aufgerappelt, da gingen die Untoten plötzlich mit unerhörter Heftigkeit erneut zum Angriff über. Salamandra errichtete einen neuen Abwehrzauber und wurde sogleich von Conrado und Jonás unterstützt. Sie hielten die Untoten in Schach, aber Danas gesamte Magie war verbraucht, ohne dass es ihr gelungen war, sie endgültig in ihre Welt zurückzudrängen. Und nun würde sie ziemlich lange brauchen, bis sie sich wieder erholt hatte.

Das verstehe ich nicht, dachte die Turmherrin und versuchte, sich aufzurichten. *Was ist passiert?*

Du kannst es von dort aus nicht sehen, sagte eine Stimme in ihrem Herzen, eine weit entfernte, sehr schwache Stimme.

»Aonia«, flüsterte Dana, als sie die tote Erzmagierin erkannte. »Was willst du damit sagen? Was ist los?«

Die Untoten können nicht weiter zurückweichen, antwortete Aonia selbst für Dana fast unhörbar, *weil all die anderen Geister sie in deine Dimension drängen.*

Dana erschrak. »Dann«, wisperte sie schließlich, »ist nichts zu machen.«

Wie auf ein geheimes Zeichen griffen Fenris und Kai gleichzeitig an. Morderek hatte kaum Zeit, den Stab zu heben und das erste Zauberwort auszusprechen, das ihm einfiel. Die Wirkung zeigte sich sofort und war spektakulär, da sie durch die mächtige Magie von Shi-Maes Stab vervielfacht wurde.

Es handelte sich um den Spiegelzauber, der die Angriffe an diejenigen zurückgab, von denen er kam – ein einfacher Abwehrzauber, den sogar die Lehrlinge der ersten Stufe einsetzen konnten. Doch auf irgendeine Weise verstärkte und krönte der Stab seine Wirkung. Zunächst wandte sich die Flamme aus Kais Schlund mit unglaublicher Aggressivität gegen ihn selbst. Anschließend wurde der Zauber, zu dem Fenris gegriffen hatte, zu ihm zurückgeworfen.

Das Blatt hatte sich gewendet, stellte Morderek plötzlich fest. Fenris verwandelte sich gerade in einen Wolf, während Kais riesiger Körper in hohen Flammen stand. Der Schwarzmagier ignorierte das schmerzerfüllte Aufheulen des Drachen und konzentrierte sich auf den Wolf. Sein Knurren war das eines gewöhnlichen Wolfs, es hatte keinerlei menschlichen Anteil. Da begriff Morderek, dass Fenris' Zauber darauf abgezielt hatte, ihn in seinem schwachen Punkt zu treffen. Durch den Spiegelzauber hatte er den Elfenmagier nicht nur außer Gefecht gesetzt, sondern sich außerdem einen entscheidenden Vorteil verschafft.

Fenris war zu einem gewöhnlichen Tier geworden und somit hatte Morderek Macht über ihn. Auf dem Gesicht des Schwarzmagiers breitete sich ein boshaftes Grinsen aus. Er hatte Fenris in der Hand und Kai würde verbrennen. *Wie schade, dass ich es so eilig habe,* sagte er sich.

»Geh«, befahl er Fenris. Der Wolf hörte auf zu knurren, legte die Ohren an und winselte. »Du verwandelst dich nie wieder in einen Elfen«, bestimmte Morderek. Zitternd wich der Wolf mit eingezogenem Schwanz zurück. »Verschwinde!«, schrie Morderek und der Wolf lief winselnd davon.

Morderek verlor keine Zeit. Kai wälzte sich auf dem Boden, um die Flammen zu löschen, und zerstörte dabei das Wenige, was von dem Laboratorium des Schwarzmagiers noch übrig war. Dieser eilte auf der Suche nach Saevin davon. Er lief durchs ganze Haus und rief nach ihm, aber der Lehrling meldete sich nicht. Morderek zuckte mit den Schultern. Im Grunde brauchte er Saevin nicht mehr, denn die Tür war offen. Mit einer einzigen Handbewegung löste er sich in Luft auf.

14

Der Türwächter

Dana hatte sich über Nawin gebeugt und musterte besorgt ihr Gesicht. Ihre Pupillen sahen seltsam aus, als drehte sich etwas in ihnen in Höchstgeschwindigkeit. »Meisterin …«, murmelte sie. »Sie … stehlen mir …«

Mehr brachte sie nicht heraus, aber Dana verstand genau, was sie meinte. Die Untoten stahlen ihr Zeit. Nun wirkte Nawin wie eine Sechzehnjährige, dabei sahen Elfen erst mit einhundertfünfzig Jahren so aus. Innerhalb von Minuten hatten die Untoten Nawin mehrere Jahrzehnte ihres Lebens entrissen.

Dana wandte sich den anderen zu. Jonás, Conrado und Salamandra hielten die Barriere aufrecht, aber es sah nicht so aus, als würden sie noch lange durchhalten. »Ich bin gleich bei euch«, sagte sie.

»Nein«, widersprach Jonás. »Du musst dich ganz erholen. Sonst nützt es nichts, wenn du uns mit deiner Magie unterstützt.«

Dana seufzte verdrossen. Sie fühlte sich schlecht. Aber nicht nur, weil sie nicht helfen konnte, sondern auch weil sie spürte, dass es Kai nicht gut ging. Sie wünschte sich aus tiefster Seele, ihm helfen zu können, der Tür und den Untoten den Rücken zu kehren und sich zu ihm aufzumachen. Aber sie wusste, dass das nicht ging, dass sie ihre Gefährten hier im Turm nicht allein lassen durfte. *Diesmal nicht,* sagte sie sich entschlossen.

Sie rappelte sich auf und sah in den Spiegel. Nur Jonás', Conrados und Salamandras Magie hielt den blaugrauen Nebel aus wabernden Gesichtern voller Zorn und Hass in Schranken und verhinderte, dass er sich weiter ausbreitete. Aber dank der Energie, die die Untoten Nawin raubten, nahmen sie in der Welt der Lebenden immer deutlichere Formen an. Dazu kam, dass all die anderen Geister, die wieder lebendig werden wollten, ihnen nachdrängten. *Die Tür ist wie ein riesiges Nadelöhr,* sagte sich Dana. *Alle versuchen, durch eine winzige Öffnung zu kommen, die wir verstopfen. Aber irgendwann wird unsere Magie dem ganzen Druck nicht mehr standhalten …*

»Was können wir tun?«, fragte sie sich laut.

»Ihr könnt mich durchlassen«, schlug eine Stimme hinter ihr nüchtern vor. »Ich muss durch diese Tür.«

Salamandra war die Einzige, die reagierte. »Du?«, rief sie.

»Nein«, flüsterte Kai. »Nein.«

Er war wieder der Geist des sechzehnjährigen Jungen, ein körperloser, unsichtbarer Geist. Wenig mehr als nichts. Niedergeschmettert betrachtete er den Körper des prächtigen goldenen Drachen, der in den Flammen verbrannte. Der Körper, der ihn ans Leben gebunden hatte. *Einer wird in seinem eigenen Feuer verbrennen,* fiel ihm ein. *Verflixt noch mal! Haben wir denn gar nichts richtig gedeutet?*

Er riss sich von dem Anblick los und sah sich um. Mordereks Laboratorium war vollkommen zerstört. Von der Decke war nichts mehr übrig und die Hälfte der Wände war eingestürzt, ganz zu schweigen von den Möbeln, Büchern und Utensilien, die schon lange verbrannt waren. Aus den Nebengebäuden hörte Kai die Tiere in den Käfigen verstört schreien und empfand Mitleid mit ihnen und Entsetzen vor dem, was Morderek tat. *Er hat die Gabe, sich mit den Tieren zu verständigen,* sagte er sich, *und nutzt sie gnadenlos aus.* Kai konnte sich keinen schrecklicheren Umgang mit einer Fähigkeit vorstellen, die für Gutes vorgesehen war.

Aber jetzt kann ich nichts mehr tun, dachte er. *Jetzt nicht mehr.* Er warf einen Blick auf die Überreste seines verbrennenden Drachenkörpers. Voller Bitterkeit sagte er dem Leben Lebwohl.

Mordereks Auftauchen konnte nur eins bedeuten: dass er Fenris und Kai besiegt hatte. Danas schlimme Vorahnung schien sich zu bestätigen. Niedergeschmettert sank sie zu Boden.

»Weg da«, knurrte der Schwarzmagier ungehalten. »Ich muss durch diese Tür.«

Conrado sah ihn überrascht an, aber Salamandra zog ein spöttisches Gesicht. »Ach wirklich?«, fragte sie. »Dann bitte *sie* doch um Erlaubnis.« Erst in diesem Moment sah Morderek die Untoten und wich erschrocken zurück. »Vielleicht reicht ihnen Nawins Leben nicht aus und sie beschließen, noch jemanden auszulutschen«, fügte sie boshaft hinzu.

Morderek bedachte sie mit einem verächtlichen Blick und ging wieder auf den Spiegel zu. Einige der Untoten wurden auf ihn aufmerksam, aber Morderek hielt ihrem Blick stand, ohne zu blinzeln. »Lasst mich durch«, befahl er.

Die Untoten lachten. *Warum sollten wir das tun?*, fragten sie, und diesmal konnten alle Anwesenden ihre Worte mit erschreckender Klarheit verstehen.

»Weil mein Schicksal es so vorsieht«, antwortete der Schwarzmagier.

Die Untoten lachten verächtlich. Morderek schnalzte verdrossen mit der Zunge und wandte auf sich selbst einen Geisterabwehrzauber an. So geschützt näherte er sich der Tür. Die Untoten wichen sogleich vor ihm zurück.

Das rüttelte Dana aus ihrem Kummer. Sie richtete sich sofort auf, um Morderek mit ihrer Magie anzugreifen. Obwohl sie noch sehr schwach war, war sie die Einzige, die den Schwarzmagier aufhalten konnte. Ihr Zauber traf Morderek am Rücken und brachte ihn ins Wanken, aber seine Magie wehrte den Angriff ab, sodass er unversehrt blieb. Er drehte sich zu Dana um. »Was soll das?«

Die Turmherrin straffte sich. In ihren blauen Augen stand kalter Zorn geschrieben. »Ich habe dich als Schüler im Turm aufgenommen und dir alles beigebracht, was du weißt, Morderek«, erklärte sie. »Alle, die zu uns kommen, sind mit irgendeiner Art von Gabe oder Macht gesegnet. Ich trage allerdings die Verantwortung dafür, dass sie richtig damit umzugehen lernen. Du bist der auffälligste meiner Fehlschläge.«

»Das tut mir aber leid«, spottete Morderek, doch Dana hatte noch nicht zu Ende gesprochen.

»Noch ist Zeit, meinen Fehler auszumerzen«, schloss sie. Es donnerte. In diesem Moment bemerkten alle, dass der Himmel über dem Turm sich schlagartig mit schweren, bleigrauen Gewitterwolken überzogen hatte. »Die Dimensionen verschmelzen – der Moment ist da«, fuhr Dana fort. »Das weiß ich besser als jeder andere Mensch. Aber ich weiß auch, dass du es nicht verdient hast, die Unsterblichkeit zu erlangen.«

»Unsinn«, knurrte Morderek ungehalten. »Die Macht gehört jedem, der den Mut hat, sie sich zu holen.« Er wandte sich erneut der Tür zu. Ein Blitz erhellte seine Gestalt. Es war ein beunruhigender Anblick, der schwarz gekleidete Magier vor dem Spiegel, umringt von der Masse von Untoten, die ihn nicht berührten.

»Du hast es so gewollt«, sagte Dana. »Elementarkräfte, kommt zu mir!«, rief sie auf Arkanisch, der Sprache der Magie. Erneut grollte ein Donner. Draußen heulte der Wind mit Macht und aus den Wolken begann dichter, schwerer Regen zu fallen.

Morderek blickte zu Dana zurück, und was er sah, war alles andere als beruhigend. Die Augen der Erzmagierin funkelten voller Zorn. Um sie herum flirrte eine seltsame übernatürliche Aura. Sie drehte die flache Hand nach oben und darauf tanzte eine Kugel aus Tausenden von kleinen Blitzen. »Wie hast du ...«, setzte Morderek an, konnte den Satz jedoch nicht zu Ende sprechen.

Dana hob den Arm und schleuderte das Geschoss nach ihm. Die Blitzkugel wurde rasch größer und raste auf Morderek zu, doch er konnte sie in letzter Sekunde auflösen. Der Schwarzmagier knurrte etwas. Dann warf er einen skeptischen Blick auf den Spiegel und wog seine Möglichkeiten ab. Wenn er auch nur eine Sekunde unaufmerksam wurde, würde Dana ihn angreifen. Aus irgendeinem merkwürdigen Grund hatte sie aus dem Nichts neue Kraft geschöpft. Wollte er durch die Tür, musste er zuerst die Turmherrin aus dem Weg räumen. »Du willst spielen?«, fragte er. »Na gut, dann lass uns spielen.«

»Warum?«, fragte Kai. »Warum?« Er betrachtete die verkohlten Überreste seines Drachenkörpers und bemerkte nicht, dass jemand neben ihm stand.

»Weil die Prophezeiung in Erfüllung gehen musste«, antwortete Saevin.

Kai wandte sich ihm sofort zu. »Du!«, rief er. »Was

machst du denn hier? Und warum kannst du mich sehen?«

»Weil der Moment da ist«, antwortete der Junge.

Kai spürte eine Welle des Zorns in sich hochkochen. »Der Moment!«, rief er bitter. »Was nützt mir der Moment, wenn ich nichts an der Tatsache ändern kann, dass ich tot bin?«

Saevin sah ihn nur eindringlich an. Seine blauen Augen begegneten Kais grünen Augen, die voller Wut und Schmerz standen. Wenn man sie so nebeneinander sah, wirkten die beiden Jungen gar nicht so verschieden. Ihrem Äußeren nach hatten sie etwa das gleiche Alter, auch wenn Kai in Wirklichkeit ein halbes Jahrtausend alt war. Doch Saevin schien größere Weisheit zu besitzen als Kai …

»Wer bist du?«, wollte Kai wissen.

»Leider nur das Werkzeug eines höheren Wesens«, antwortete Saevin. »Aber jetzt ist keine Zeit für Erklärungen, Kai. Wir müssen in den Turm zurück, bevor es zu spät ist.«

»Was? Wovon redest du? Ich gehe mit dir nirgendwo hin. Du und deine Dämonen, ihr steht auf Mordereks Seite …«

»Nur vorübergehend«, widersprach Saevin, »denn es musste sein. Man könnte sagen, dass ich auf niemandes Seite stehe, Kai, das ist mir nämlich gar nicht erlaubt.« Kai schüttelte verwirrt den Kopf. »Die Prophezeiung wäre auf alle Fälle in Erfüllung gegangen«, fuhr Saevin fort. »Alles musste genau so kommen, wie es kam. Dana wurde vom Bösen in Versuchung geführt, Iris vernahm den Ruf der Toten, Salamandra wurde verraten, Jonás öffnete die Tür, Conrado begab sich auf eine gefährliche Reise ins Jenseits, Nawin opfert ihre Lebensenergie, du bist in deinem eigenen Feuer verbrannt …«

»So … so sollte es doch gar nicht kommen«, stammelte Kai.

»Da täuschst du dich. Alles sollte genau so kommen.« Saevin ging auf die verkohlten Überreste von Kais Drachenkörper zu. Er beugte sich darüber und hob etwas vom Boden auf. Es war eine lange, goldene Feder. »Siehst du die?«, fragte er. »Wozu brauchst du noch mehr Beweise?«

»Was meinst du damit?«

»Das hier ist eine Phönixfeder. Und ich vermute, dieses Fläschchen hier ist nichts anderes als das Lebenswasser, das die Turmherrin sich besorgt hat.« Saevin hielt die Feder in die Höhe. »Komm, Phönix«, sagte er. »Folge meinem Ruf.«

Kai fand das völlig absurd, aber einen Moment lang hoffte er doch, der Phönix käme durch das riesige Loch in der Decke geflogen.

Plötzlich erklang eine Stimme in ihren Köpfen: *Wer ruft mich? Bist du es, Herr?*

Kai traute seinen Augen kaum, als sich in der Mitte des Raumes ein rotgoldener Geist in Gestalt eines großen, wunderschönen Vogels manifestierte. »Was ist denn das?«

»Phönix, der Geist«, antwortete Saevin ruhig, als wäre das offensichtlich. Er sah Kai nachdenklich an. »Nicht nur Dämonen hören meine Stimme, Kai«, fügte er sanft hinzu.

Kai wusste nicht, was er erwidern sollte. Er verstand überhaupt nichts mehr. Saevin sah den Phönix an und dieser schien sofort zu verstehen, was er zu tun hatte. Er kreiste über den Überresten des Drachen und stieß dann im Sturzflug auf ihn herab, in den riesigen Körper hinein, als wäre er Rauch. Etwas blitzte auf und der Drache schien zu erbeben …

Als Kai die Augen wieder aufmachte, steckte er erneut in dem Drachenkörper. »Ich bin … am Leben«, stammelte er, aber auf einmal überfielen ihn schreckliche Schmerzen. Denn der Drache war zwar lebendig, aber grauenhaft verbrannt.

»Trink das hier«, sagte Saevin und reichte ihm das Lebenswasser.

Mit schmerzverzerrter Miene machte Kai das Maul auf und Saevin schüttete den Inhalt des Fläschchens hinein. Da spürte Kai, wie frische Energie durch seine Adern strömte und sich sein Körper regenerierte. Als er an sich hinuntersah, stellte er fest, dass seine Schuppen glänzten wie poliertes Gold. »Unglaublich«, sagte er. »Wie hast du das gemacht?«

Saevin zuckte mit den Schultern und ging auf die Käfige zu, in denen die Tiere verängstigt kreischten. Er ließ eines nach dem anderen frei. »Das hast du dem Phönix und der Gunst der Stunde zu verdanken«, meinte er schließlich. »Ich habe dir ja schon gesagt, dass ich nur ein Werkzeug bin.«

»Hm«, murmelte Kai noch verwirrt. »Worin bestehen denn deine … Fähigkeiten eigentlich, wenn man fragen darf? Warum nennt dieses Geschöpf dich ›Herr‹?« Saevin lächelte traurig, antwortete jedoch nicht. Kai runzelte die Stirn. »Saevin?«

»Wir haben nicht viel Zeit«, erwiderte der Junge. Er öffnete den letzten Käfig. »Wir müssen Fenris suchen.«

Fenris lief verängstigt durch den seltsamen Urwald im Vulkankrater. Sein Leben als Elf war aus seinem Gedächtnis getilgt, er hatte vergessen, dass er auch noch etwas anderes war als ein Wolf. Das Einzige, woran er sich erinnerte, war Mordereks schreckliche Stimme, die Angst, die seine Augen ihm eingeflößt hatten, und sein Befehl, fortzugehen, weit fort …

Etwas in ihm trauerte, weil er spürte, dass ihm ein wichtiger Teil seines Wesens abhandengekommen war. Aber was nur? Er ahnte, dass ihn dieses schmerzliche Verlustgefühl auf einer Flucht, die den Rest seines Lebens andauern sollte, nie mehr verlassen würde.

Plötzlich blitzte etwas auf. Der Wolf blieb abrupt stehen und wich einige Schritte zurück.

»Fenris?«

Die Stimme kam ihm bekannt vor, aber der Drachengeruch versetzte ihn instinktiv in Panik. Er knurrte drohend, während er weiter zurückwich.

»Was haben sie mit ihm gemacht?«, fragte der Drache.

Schlagartig erwachte sein vernunftgesteuertes Bewusstsein wieder … und Fenris stand mitten im Wald vor Kai und Saevin, ohne recht zu wissen, wie ihm geschah. »Was zum Teufel geht hier vor sich?«, knurrte er. Er sah vom einen zum anderen und fügte hinzu: »Ich hoffe, ihr habt eine gute Erklärung für all das.«

»Selbstverständlich«, erwiderte Saevin. »Wir haben dein Bewusstsein geweckt und dir damit deine Fähigkeit zur Verwandlung zurückgegeben, die hattest du nämlich eingebüßt.«

Fenris sah ihn argwöhnisch an und versuchte, sich zu verwandeln. Im Handumdrehen war er wieder ein junger Elfenmagier.

»›Ein anderer wird seinen wahren Körper zurückbekommen‹«, erklärte Saevin zufrieden. »Aber jetzt müssen wir schnell in den Turm zurück«, drängte er. »Die Tür wurde geöffnet.«

Fenris warf Saevin einen finsteren Blick zu und zwang sich, sich auf das dringlichste Problem zu konzentrieren. »Wenn wir fliegen, brauchen wir zu lange«, sagte er. »Und ich habe nicht die Kraft, auch Kai zu teletransportieren, er ist sehr groß.«

Saevin lächelte leise und sprach ein Wort aus, dessen Bedeutung Kai und sogar Fenris unbekannt war. Sogleich tauchte vor ihnen ein schemenhaftes Oval auf, ein eigenartig geschlechtsloses, übernatürliches Gesicht, das wenig oder nichts Menschliches hatte.

»Was ist denn das?«, flüsterte Kai, während Fenris es misstrauisch anstarrte.

»Ein *Limban*«, antwortete Saevin. »Sie halten sich in den Falten des Weltraums auf. Für sie existiert keine Entfernung.«

»Ein *Limban*!«, wiederholte Fenris verblüfft. »Aber wie …?«

»Das verstehe ich nicht«, sagte Kai. »Wenn du mit all diesen Geschöpfen sprechen kannst, wenn du so viel Macht hast, warum hast du dann zu Morderek gehalten?«

»Das habe ich dir doch schon gesagt, ich musste sicherstellen, dass die Prophezeiung in Erfüllung geht, aber ich stehe nicht auf seiner Seite.«

»Aber du hast Dana angegriffen!«

»Nein, Kai. Indem ich diesen Dämon angerufen habe, habe ich Dana das Leben gerettet, denn wenn Shi-Maes Stab erwacht wäre, hätte Morderek sie getötet. Nicht einmal er ist sich ganz im Klaren darüber, was für eine Macht dieser Stab birgt. Der Dämon hat die beiden abgelenkt, bis die Tür aufging.«

»So kann man es auch sehen«, knurrte Kai, nicht besonders überzeugt. »Aber ich verstehe deine Rolle in der ganzen Geschichte einfach nicht.«

»Du wirst sie bald verstehen«, erwiderte Saevin mit einem Anflug von Traurigkeit in der Stimme. Er wandte sich dem *Limban* zu und bat ihn, alle drei in den Turm zu bringen. Anstelle einer Antwort bewegte sich das Geschöpf auf sie zu und umfing sie mit seiner körperlosen Gestalt. Kai und Fenris spürten, wie sich alles zu drehen begann, immer schneller …

Die Untoten heulten auf, die Barriere würde jeden Moment zusammenbrechen. Dana bemerkte die Bedrängnis der jungen Magier und wünschte sich brennend, ihnen helfen zu können, aber sie durfte den Blick nicht von Morderek wenden, sonst würde er durch die Tür gehen und die Folgen waren absolut unvorhersehbar.

Dana hatte eine Feuerkugel auf Morderek geschleudert und er hatte mit einem Versteinerungszauber geantwortet, den die Turmherrin rechtzeitig hatte neutralisieren können. Nun beobachteten die beiden sich argwöhnisch und warteten darauf, dass ihr Gegner den nächsten Schritt machte. Der Raum war nicht besonders groß und sie mussten vorsichtig sein. Sie durften keine zu mächtigen oder großen Wesen anrufen, denn sonst zerstörten diese womöglich die Tür oder verletzten die Magier, die die Untoten in Schach hielten.

»Sieht so aus, als müssten wir eine Entscheidung treffen, hm?«, sagte Morderek.

Dana runzelte die Stirn und richtete einen Giftfluch auf ihn. Mordereks Körper wurde rasch schwächer, als hätte er starkes Gift geschluckt oder als wäre er von einem besonders aggressiven Virus befallen. Er wandte sofort einen Selbstheilungszauber an, aber dieser funktionierte nur teilweise. Zufrieden wollte

Dana ihn gerade mit einem Abschlusszauber belegen, als der Stab des Schwarzmagiers wieder erwachte und ihn in goldenes Licht hüllte. Als das Strahlen erlosch, stand Morderek herausfordernd und völlig geheilt da.

»Toller Magier«, spottete Salamandra. »Du selbst kannst offenbar gar nichts. Wenn du diesen Stab nicht hättest, wärst du schon lange tot!«

»Konzentrier dich auf die Barriere, Salamandra«, tadelte Conrado sie.

Morderek ignorierte alle anderen und richtete den Stab auf Dana. »Schluss jetzt, Turmherrin«, sagte er. »Meine Geduld ist zu Ende.«

Plötzlich kam eine Flamme zum Fenster hereingeschossen und erfasste Mordereks Tunika. Er heulte auf und rief sofort eine kleine Gewitterwolke herbei, damit ihr Regen die Flammen löschte.

Vor dem Fenster war ein riesiges smaragdgrünes Auge erschienen, das Dana verschwörerisch zuzwinkerte. »Kai!«, rief sie erleichtert.

»Wir sind zurück, Dana«, ertönte Fenris' Stimme neben ihr.

Die Barriere bekam Risse, aber Fenris verstärkte sie mit seiner Magie. »Saevin hat dir etwas zu sagen«, rief er der Turmherrin zu.

Dana sah den Jungen erwartungsvoll an. Iris war sofort zu ihm gelaufen und beide waren sich in die Arme gefallen. »Alles musste so geschehen, Turmherrin«, sagte Saevin, während er sich sanft von Iris löste, »weil es so vorgesehen war.«

Morderek hatte das Feuer gelöscht und war wieder bereit zum Kampf, gegen wen auch immer. Fenris vergewisserte sich, dass die Barriere stabil war, bevor er sich abwandte, um dem Schwarzmagier entgegenzutreten. »Sehr gut, das mit dem Spiegelzauber«, sagte er anerkennend, »aber ich wette, du hast nicht den blassesten Schimmer, wie du das gemacht hast, hm?«

Morderek hob drohend seinen Stab. »Du hast mehr Leben als eine Katze, Fenris, aber irgendwann wird dich das Glück im Stich lassen.«

Dana gesellte sich zu Saevin, der neben Nawin kniete. Die Elfe sah bereits wie eine junge Frau von Anfang zwanzig aus. »Sie haben ihr schon mehr als hundert Jahre Leben gestohlen«, seufzte die Turmherrin. Dann sah sie Saevin eindringlich an. »Was zum Teufel geht hier eigentlich vor sich?«

»Die Untoten und andere Geister drängen in unsere Welt, aber das darf unter keinen Umständen geschehen«, antwortete Saevin. »Und es gibt nur einen Weg, sie aufzuhalten.«

»Welchen denn?«

»Du kennst ihn«, antwortete Saevin geheimnisvoll. »Wir haben von der Tür gesprochen, von einer ganz bestimmten Tür, aber in Wirklichkeit gibt es mehrere.«

Dana schwieg einen Moment. Dann begriff sie. Sie wurde aschfahl und ihre blauen Augen öffneten sich sperrangelweit. »Soll das heißen …«

»Es ist für dich sehr riskant, aber es ist der einzige Ausweg«, erwiderte Saevin. »Deshalb bist du hier. Deshalb wurdest du mit den Fähigkeiten einer *Kin-Shannay* geboren.«

»Aonia sagte mir, es gäbe einen Grund«, murmelte Dana erschüttert. »Einen Grund für meine Existenz.«

»Für meine gab es auch einen Grund«, erwiderte Saevin. »Aber trotz der Prophezeiungen haben immer wir selbst das letzte Wort. Ich habe die Wahl und du auch. Und manchmal ist der richtige Weg nicht der einfachste.«

Dana nickte nachdenklich. Sie schien alles um sich herum vergessen zu haben: die Untoten, die gegen die Barriere Sturm liefen, den Kampf zwischen Fenris und Morderek, Nawin, die immer schneller alterte, Iris, die sie mit weit aufgerissenen Augen anstarrte, Kai, der durchs Fenster Morderek mit seinem Feuer zu treffen versuchte.

»Jetzt liegt die Entscheidung bei dir, Dana«, schloss Saevin.

Dana nickte nachdenklich. »Eine schwierige Entscheidung«, erklärte sie. »Wenn ich mich darauf einlasse, was hätte es für Folgen?«

»Das kann nicht einmal ich absehen.«

Dana sah zum Fenster. Kais Körper schoss vorbei wie ein goldener Blitz. »Kai«, flüsterte sie. »Du hast mich so lange beschützt, ohne zu wissen, warum. Und vielleicht wirst du es nie erfahren.«

»Anfangs wusste er nicht, warum er dich beschützt«, erwiderte Saevin. »Aber jetzt schon. Er tut es aus Liebe, Dana.«

Dana rappelte sich mühsam auf. Ihre blauen Augen funkelten entschlossen.

»Meisterin?«, flüsterte Iris verunsichert.

»Dana …«, sagte Nawin.

Sie lächelte beide liebevoll an. »Viel Glück im Leben«, sagte sie nur. Sie ging auf den Spiegel zu, ohne sich vom Heer der Untoten einschüchtern zu lassen.

»Dana, was tust du denn da?«, fragte Jonás besorgt.

Dana antwortete nicht. Sie schloss die Augen und suchte den Weg in ihrem Inneren. Sie wusste, dass es weder einfach noch angenehm werden würde, denn sie tat es nicht zum ersten Mal. Aber genau deshalb wusste sie auch, dass sie es schaffen würde.

Ihr fiel ein, was Kai vor langer Zeit gesagt hatte: *Hast du es immer noch nicht verstanden?* Sie musste lächeln. Alles würde gut gehen. Es gab keinen anderen Ausweg. *Dana,* hatte Kai damals gesagt, *die Tür bist du.*

Sie fand den Weg. Im Jenseits erwarteten sie die Geister derjenigen, die den Tod akzeptiert hatten. An ihrer Spitze stand Aonia. Dana ließ sie passieren. Die Geister jubelten auf und strömten über die Schwelle, alle auf einmal, durch Dana hindurch, die auf dem schmalen Grat zwischen Leben und Tod balancierte. Das Herz der Turmherrin hörte auf zu schlagen.

Plötzlich geriet alles aus den Fugen. Dana war leichenblass zu Boden gesunken, während aus ihrem Körper ein sonderbarer, dichter Nebel entwich, der sich aus vielen Gesichtern zusammensetzte, die angenehmer aussahen als die der Untoten. Der ausgestreckte Körper der Turmherrin schien eine unerschöpfliche Quelle von Geistern zu sein, die hervordrängten, als wären sie lange Zeit gefangen gewesen. Aber anstatt auf der Suche nach einem Leben auszuschwärmen, an das sie sich klammern konnten, traten diese Geister direkt den Untoten entgegen.

Jonás, Conrado und Salamandra brachen erschöpft zusammen und der Abwehrzauber versagte. Doch mittlerweile hatten die gerechten Geister ihre Stelle eingenommen und drängten die Untoten zurück.

»DANA!!«, schrie Kai und versuchte, von draußen etwas zu sehen. Aus Danas Körper quollen immer mehr Geister, die zwar tot waren, aber das Leben und alles, was damit zusammenhing, schützten. Plötzlich war die blaugraue Masse verschwunden. Die gerechten Geister hatten die Untoten so schnell und gründlich vertrieben, dass die Magier ihren Augen nicht trauten. Aber damit war noch nicht alles vorbei.

Denn da war noch eine andere Gruppe von Geistern, die Wiedergänger. Sie wollten die Lebenden nicht vernichten, sondern wieder so sein wie sie. Sie wollten den Moment nutzen, um wieder lebendig zu werden. Über die Wiedergänger hatten die gerechten Geister keine Macht. Die erste Wiedergänger-Seele, die über die Schwelle trat, war die einer Elfe von überraschender Schönheit und verächtlichem Blick. Ihre mandelförmigen Augen richteten sich auf Morderek, der sie erschrocken ansah.

Die Magierin streckte den Arm aus. »Komm zu mir«, sagte sie. Der Stab flog aus Mordereks Hand und kehrte zu seiner rechtmäßigen Besitzerin zurück. »Du hast mich verraten, Lehrling«, erklärte Shi-Mae. »Du hast die Gesetze der Magie missachtet. Ich habe dich verflucht und nun ist es Zeit, dass meine Rache in Erfüllung geht.«

»Nein!!«, schrie Morderek erschrocken.

Da rappelte Saevin sich auf und trat Shi-Mae entgegen. »Zurück mit dir«, befahl er, »und auch mit allen anderen. Ihr könnt hier nicht bleiben.«

»Ach nein? Wer sagt das?«

»Ich«, antwortete Saevin. »Denn ich werde von nun an der Türwächter sein.« Es wirkte, als hätte er Mühe, die Worte über die Lippen zu bringen.

Die Wiedergänger starrten ihn ungläubig an. Aus irgendeinem Grund, den die Lebenden nicht nachvollziehen konnten, wagten sie nicht, Saevin entgegenzutreten. »Die Tür schließt sich!«, flüsterte da einer von ihnen. »Die Dimensionen entfernen sich voneinander!« Unter den Wiedergängern erhob sich besorgtes Gemurmel. Es war ihnen nicht gelungen, lebendig zu werden. Und wenn sie nicht ins Jenseits zurückkehrten, würden sie gezwungen sein, bis in alle Ewigkeit in der Welt der Lebenden umherzugeistern.

»Geht zurück«, sagte Saevin. »Der Moment ist vorbei. Jetzt kann euch nichts mehr das Leben wiederbringen, das ihr verloren habt.«

Der Übergang verschwamm. Nach kurzem Zögern machte die erste Wiedergänger-Seele kehrt. Eine nach der anderen kehrten auch die anderen resigniert ins Jenseits zurück. Die Letzte war Shi-Mae. »Ich gehe«, verkündete sie zähneknirschend, »aber ich gehe nicht allein.«

Allen war klar, dass sie Morderek meinte. Der Schwarzmagier zitterte heftig. »Du … kannst mich nicht …«

Shi-Mae lächelte. »Willst du wetten?«

Sie deutete mit ihrem Stab auf ihn. Er schrie gellend auf. Dann deutete die Zauberin mit dem Stab auf den Spiegel und Morderek, der die Herrschaft über seinen Körper verloren hatte, stürzte mit einem Schrei hinein und verschwand.

Shi-Mae sah sich um. Sie wirkte ein wenig überrascht, als sie feststellte, dass Nawin, die wieder völlig bei Bewusstsein war, wie eine erwachsene Elfe aussah. Als sich ihr Blick auf den verblüfften Fenris richtete, wurde er ein wenig weicher. »Lebwohl, Fenris.« Zum ersten Mal sprach sie seinen neuen Namen aus.

Der Elfenmagier lächelte unsicher. »Lebwohl, Shi-Mae«, sagte er. »Und sei nicht so streng zu ihm«, fügte er besorgt hinzu.

»Er wird nur unter entsetzlichen Qualen sterben«,

antwortete sie kalt. »Hat es die Prophezeiung nicht so vorhergesagt?«

Fenris wirkte überrascht. »Doch, aber ... ich dachte immer, dass ...«

»Du *bist* ein Wolf, Fenris. Und er *hört* die Stimme der Wölfe. Man muss nicht besonders schlau sein, um den Unterschied zu erkennen.« Kühl wandte sie sich den anderen zu. »Und ihr, genießt das Leben.« Mit diesen letzten Worten verschwand Shi-Mae durch die Tür.

Auch Saevin ging zum Spiegel hinüber, ein trauriges Lächeln auf den Lippen. Es war ein Lächeln des Abschieds.

»Saevin, nicht!«, rief Iris.

Sie lief zu ihm, aber er hatte die Schwelle bereits überschritten. *Adieu, kleine Iris,* war seine Stimme von weit her zu hören. Iris schluchzte. Sie wollte ihm folgen, aber Jonás hielt sie zurück.

Die Tür schloss sich endgültig. Alle verharrten einen Augenblick, bis ein Dröhnen sie aufschreckte. Der ganze Turm geriet ins Wanken.

»Was zum Teufel ...«, setzte Fenris an, aber ein wütendes, schmerzvolles Aufheulen ließ ihn verstummen.

»Dana!!!«, schrie Kai von draußen. Er versuchte, in den Turm zu gelangen, und polterte vor lauter Verzweiflung an die Außenwand. Da bemerkten alle, dass Dana für eine einfache Ohnmacht zu blass war. Die ersten Sonnenstrahlen fielen auf den leblosen Körper der Turmherrin, während durch das ganze Tal der Wölfe ein Wehklagen erscholl, erfüllt von unvorstellbarem Schmerz, einem Schmerz jenseits von Leben und Tod, einem Schmerz, den nur ein Geschöpf empfinden konnte, das seit über fünfhundert Jahren existierte.

Epilog

Dann war dies dein Schicksal, Saevin?

Ich erfuhr schon als Kind davon. Es war nicht leicht zu akzeptieren, dass ich kein Mensch wie alle anderen war. Ich musste um der Unsterblichkeit willen auf das Leben verzichten … Absurd, oder?

Eigentlich schon. Die Menschheit hat schon immer von der Unsterblichkeit geträumt, aber das Orakel zum Beispiel wollte sterben.

Und nun ist es ihm endlich gelungen.

Das weißt du?

Ich muss es wissen. Nicht umsonst wache ich über die Tür. Über alle Türen, besser gesagt. Ich bin zum ewigen Wächter über die Grenze zwischen Leben und Tod geworden.

Dabei bist du noch so jung … Du musstest auf vieles verzichten. Auf Iris zum Beispiel.

Das hast du gemerkt? Ich dachte, ich hätte nie gezeigt, dass ich etwas für sie empfand. Das hätte es nur schlimmer gemacht, noch schmerzhafter für uns beide.

Und doch habe ich es geahnt. Es tut mir leid für euch.

Ich hätte mich weigern können, durch die Tür zu gehen. Aber ich wusste, dass ich es tun musste. Genau wie du wusstest, dass du ein weiteres Mal die Brücke bilden musstest. Und du hast einen hohen Preis dafür bezahlt.

Ich bin aber erst hier, auf der Schwelle. Ich spüre, dass etwas in meinem Körper noch pocht. Ich bin nicht tot, hab ich recht?

Nein, noch nicht. Du kannst wählen, ob du weitergehst oder wieder umkehrst.

Wirklich?

Betrachte es als Geschenk für dein großzügiges Opfer, Kin-Shannay.

Opfer? Wenn du mir wirklich erlaubst zurückzugehen, was für ein Opfer wäre es dann?

Das Lachen des Türwächters war weithin zu hören. *Hier vergeht die Zeit anders als in der Welt der Lebenden, Dana. Hast du eine Ahnung, was geschehen ist, seit wir dieses Gespräch begonnen haben?*

Willst du damit sagen …

Steck den Kopf durch die Tür und sieh selbst …

Der Schnee fiel sanft aufs Tal der Wölfe, als das Gefolge am Turm anlangte, um den Turmherrn zu begrüßen. Sie hatten den Weg vom Dorf zu Fuß zurückgelegt und sich die ganze Zeit angeregt unterhalten.

Sie waren zu fünft, drei Elfen und zwei Menschen.

Die Elfen waren jung. Eine von ihnen trug schlichte, aber kostbare Kleidung und ihre grünen Augen blickten mit majestätischer Gelassenheit drein. Die beiden anderen Elfen, ein Pärchen, hatten etwas Wildes, aber es war offensichtlich, dass sie sich für den Anlass zurechtgemacht hatten. Die Elfe hatte ihr langes, aschblondes Haar zu einem Zopf geflochten und der Elf hatte seine beste Tunika angezogen.

Die beiden Menschen hingegen waren schon älter. Der Mann war groß und schlank und hatte mit den Jahren eine Glatze bekommen. Die Frau lächelte sanft, aber ihre großen, dunklen Augen wirkten traurig und wehmütig.

Da kam ihnen ein Mädchen mit feuerrotem Haar und nachdenklichem Blick entgegen.

»Lis«, sagte der Mann zur Begrüßung. »Donnerwetter, du bist aber gewachsen.«

»Wie schön, euch alle wiederzusehen!«, erwiderte sie. Impulsiv umarmte sie einen nach dem anderen. Den beiden Elfen ging die Zuneigung des Mädchens ein bisschen zu weit, sie lächelten jedoch gleich wieder.

»Sind deine Eltern nicht da?«, fragte der Mann.

»Mama ist in den Bergen, aber sie ist bald zurück.«

Ein weiterer Mann trat aus dem Turm. Er trug eine goldene Tunika. Auch er war älter, sein Haar war schon fast grau.

Der mit der Glatze ging sofort zu ihm, um ihn zu begrüßen. »Jonás!«, rief er freudig. »Die Jahre sind dir gar nicht anzusehen! Kennst du etwa einen Verjüngungszauber, der besser ist als mein eigener?«

»Du benutzt doch gar keine Verjüngungszauber, Conrado«, mischte die Frau sich schmunzelnd ein. »Sonst hättest du mehr Haare auf dem Kopf.«

»Wie läuft eure Schule, Iris?«, fragte Jonás.

»Gut, weil ich mit beiden Beinen auf der Erde stehe«, antwortete sie. »Aber mein Kompagnon hier«, fügte sie hinzu und deutete auf Conrado, »steckt die Nase den ganzen Tag nur in seine Bücher …«

»Ha! Wir haben den Magierrat mit meinen Theorien über die Existenz von Zeitfalten schwer beeindruckt. Sonst gäbe es die Schule längst nicht mehr und das weißt du auch.«

»Ja, ich weiß«, erwiderte Iris versöhnlich.

Conrado schüttelte den Kopf und musterte Lis und Jonás. »Hm«, sagte er. »Das Haar hat sie von der Mutter und die Augen vom Vater. Und von wem hat sie den Charakter?«

»Von ihrer Mutter«, knurrte Jonás resigniert.

»Papa!«, rief Lis gekränkt.

Jonás lächelte. »Es war ein Scherz, mein Schatz.«

»Es freut mich, zu sehen, dass der neue Turmherr seinen Sinn für Humor nicht verloren hat«, bemerkte der Elf.

Jonás musterte ihn von Kopf bis Fuß. »Verflixte Elfen … du hast dich überhaupt nicht verändert, Fenris. Wenn du noch frei wärst, könntest du meine Ururenkelin heiraten, glaube ich.«

Fenris nahm die Bemerkung mit schallendem Gelächter auf und warf seiner Lebensgefährtin einen Seitenblick zu.

»Gaya, Nawin, Iris«, sagte Jonás und verneigte sich höflich vor ihnen. »Herzlich willkommen zurück im Turm. Ich würde euch gerne etwas zeigen, aber vermutlich wollt ihr euch zuerst ausruhen …«

»Kommt nicht infrage«, kürzte Fenris ab. Seine bernsteingelben Augen funkelten ungeduldig. »Du hast uns doch nicht grundlos zusammengerufen, Jonás. Ich will sie sofort sehen.«

Die Gruppe durchquerte den Garten und ging zur anderen Seite des Turms, auf ein großes goldenes Ungetüm zu, das teilweise mit Schnee bedeckt war. Der Drache hob matt den Kopf, richtete seine grünen Augen auf sie und lächelte leise. Dann ließ er Kopf und Lider wieder sinken.

»Ist er immer noch nicht richtig bei sich?«, flüsterte Fenris Jonás ins Ohr.

»Nein«, seufzte der Erzmagier. »Er hat sich nicht von der Stelle gerührt seit … nun ja, seit damals. Er ist die ganze Zeit unter ihrem Fenster liegen geblieben. Er spricht nicht mehr, sondern wartet einfach nur.«

»Worauf denn?«

»Zu wissen, woran er ist, nehme ich an.«

Fenris runzelte die Stirn. »Aber es sind mehrere Jahre vergangen …«

»Mehrere Jahre?« Jonás sah ihn ernst an. »Mehrere Jahrzehnte, mein Lieber.«

Fenris blinzelte verblüfft. »Armer Kai«, sagte er nur.

Lis brachte Gaya, die sich bei den Magiern etwas fehl am Platz fühlte, in ihr Zimmer. Die anderen stiegen die zwölf Stockwerke bis in die Turmspitze hinauf. Sie waren in dumpfes Schweigen verfallen. Kurz bevor sie die Zinnen erreichten, begegneten sie einer rothaarigen Frau mit ersten grauen Haaren an den Schläfen. Aber ihre Augen funkelten vor Energie und Entschlossenheit.

»Ah, Salamandra, du bist schon zurück«, sagte Jonás. Sie drückte ihm rasch einen Kuss auf die Wange und umarmte ihre Freunde mit einem stummen Lächeln. Dann legte sie sich einen Finger an die Lippen und öffnete die Zimmertür.

Erwartungsvoll traten sie ein. In einem Himmelbett lag eine alte Frau mit schneeweißem Haar und schlief so tief, dass sich ihre Brust beim Atmen kaum zu heben schien.

Fenris trat neben sie und konnte einen Seufzer nicht unterdrücken. »Meine Liebe«, flüsterte er. »Wie ist das nur möglich? Ich weiß noch, wie ich dich zum ersten Mal gesehen habe. Da warst du noch ein Kind … und jetzt … Und ich habe mich seither kaum verändert …« Er trocknete sich eine verräterische Träne.

»Deshalb raten die Weisen uns Elfen, uns nicht mit den Menschen anzufreunden«, sagte Nawin bewegt. »Es ist so traurig, sie alt werden zu sehen und dann ohne sie weiterzuleben …«

»Nun lasst mal gut sein«, sagte Salamandra verlegen. »Ich habe euch gerufen, weil …« Sie konnte nicht weitersprechen und sah Jonás Hilfe suchend an.

»Ihr wisst, dass Dana in jener Nacht ins Koma fiel. Seither schwebt sie zwischen Leben und Tod, und dank der Magie ist es uns gelungen, sie hierzuhalten, bei uns. In all dieser Zeit hat sie nicht die geringste Reaktion gezeigt. Aber gestern …«

»Gestern hat sie sich bewegt«, bestätigte Salamandra. »Jonás hält es für ein Anzeichen, dass eine Änderung bevorsteht …«

»… zum Guten oder zum Schlechten«, schloss der Turmherr. »Deshalb fand ich es angebracht, euch zu benachrichtigen.«

Fenris nickte. »Weiß Kai davon?«

»Niemand hat es ihm gesagt, aber er ahnt es.«

Der Elfenmagier beugte sich aus dem Fenster und sah nach unten. Kai lag nach wie vor reglos am Fuß des Turms, wo er verharrte, seit Dana sich aus dem Leben zurückgezogen hatte. »Dana«, flüsterte Fenris, »wo bist du? Wie hast du es so lange ohne Kai ausgehalten?«

Ich habe es nicht ausgehalten, antwortete Dana bewegt. *Ich … o nein, wenn ich es doch nur gewusst hätte …*

Jetzt weißt du es. Du kannst ins Leben zurückkehren, wenn du willst.

Dana sann lange darüber nach. *Kai vermisst mich,* sagte sie sich. *Aber wenn ich zurückkehre, binde ich ihn erneut an mich. Als Drache hat er ein langes Leben vor sich. Wie soll ich von ihm verlangen, dass er bei einer alten Frau bleibt?*

Der Türwächter antwortete nicht. Dana schloss die Augen und spürte dem Schmerz in ihrer Seele nach. Als sie ihren Freund wieder ansah, lag kein Zweifel in ihrem Blick. *Ich will nicht zurück,* sagte sie. *Jetzt ist meine Zeit um.*

Der Türwächter nickte.

»Seht nur!«, rief Fenris. »Ich glaube, sie kommt wieder zu sich!«

Danas blaue Augen öffneten sich flatternd. Als Erstes begegnete sie dem honiggelben Blick ihres besten Freundes Fenris. Ein schwaches Lächeln erschien auf ihren Lippen und sie versuchte, etwas zu sagen, aber ihre Stimmbänder waren seit Jahren unbenutzt und reagierten nicht.

»Sag nichts«, bat Fenris. »Du wirst wieder gesund.«

Doch sie schüttelte den Kopf. Sie warf einen Blick in die Runde und ihr Lächeln wurde breiter. Als sie Jonás' goldene Tunika entdeckte, funkelten ihre Augen vor Stolz. Dann sah sie Fenris wieder an. »Lebe … wohl«, stieß sie flüsternd hervor. Mit einem letzten Atemhauch verließ Dana, die Turmherrin, die Dame mit dem Drachen, die letzte *Kin-Shannay,* die Welt der Lebenden.

Am Fuß des Turms hob Kai den Kopf und begriff, dass sie gegangen war. Mit einem friedlichen Seufzer schloss er die Augen und legte den Kopf auf den kalten Schnee. Dann starb er ganz einfach, denn nun band ihn nichts mehr an die Welt.

Dana blickte sich um. Sie begegnete erneut dem Türwächter, der sie freundlich erwartete. *Das war's?*, fragte sie.

Das war's, bestätigte er.

Es war … einfach und zugleich schwierig. Ich werde sie alle vermissen, besonders … Sie sprach seinen Namen nicht aus, sondern schloss bekümmert die Augen.

Der Türwächter lächelte. *Du siehst gut aus*, sagte er. *Unbewusst hast du dich für dein Aussehen als Jugendliche entschieden, und das erscheint mir sehr passend.*

Dana runzelte die Stirn. *Passend?*, wiederholte sie. *Wofür?*

Dana!

Sie fuhr herum. Im Dunst sah sie einen etwa sechzehnjährigen blonden Jungen auftauchen, der auf sie zurannte. *Kai*, wisperte sie.

Voller Sehnsucht in seinen grünen Augen stand er vor ihr. Sie sahen sich an.

Kai, das kann nicht sein: Bist du …?

Ich bin tot, bestätigte er, als wäre das eine wunderbare Nachricht. *Das Sterben ist mir nicht schwergefallen, ich habe es ja nicht zum ersten Mal getan.*

Dana hob die Hand, um ihm zaghaft über die Wange zu streichen. Er fühlte sich wirklich und fest an. *Kai, das kann nicht sein …*

Was kann nicht sein? Jetzt sind wir gleich, Dana, endlich sind wir gleich. Ich habe dir doch gesagt, dass es eines Tages geschehen würde, und nun ist es so weit.

Lächelnd reichte er ihr die Hand. Dana ergriff sie unsicher. Seine Finger schlossen sich um ihre Hand und sie seufzte verwundert. Sie fühlten sich warm und wirklich an. Schluchzend flüchtete Dana sich in Kais Arme. Er drückte sie fest an sich und Dana sog diese Umarmung in sich auf, als gäbe es nichts Kostbareres auf der Welt. *Endlich,* flüsterte sie. *Endlich.*

Hand in Hand gingen sie auf die Schwelle zu, bis der Türwächter ihnen entgegentrat.

Saevin?, rief Kai überrascht.

Der Türwächter lächelte. *Willkommen im Jenseits,* sagte er nur. *Genießt zusammen eine ganze Ewigkeit, die euch nun niemand mehr nehmen kann.* Er trat zur Seite, um sie vorbeizulassen.

Sie gingen leichten Herzens weiter, bis sie zwei weibliche Gestalten entdeckten, die im Nebel auf sie warteten. Eine von ihnen trug eine goldene Tunika. Die andere war sehr klein und ein warmherziges Lächeln strahlte in ihrem Gesicht voller Falten.

Aonia … Maritta …, sagte Dana.

Willkommen, Kindchen, antwortete die Zwergin. Sie sah Kai an und ihr Lächeln wurde breiter. *Willkommen alle beide,* berichtigte sie sich.

Dana holte tief Luft und drückte sich an Kai. Ihre Freundinnen drehten sich um und verschwanden im Dunst des Jenseits. Glückselig tauschten Dana und Kai einen Blick und folgten ihnen. Immer noch Hand in Hand ließen sie das Leben hinter sich, um das zu betreten, was nun für immer ihre neue Welt sein würde. Sie kehrten dem Leben den Rücken, ohne sich darum zu kümmern, was nun geschehen würde, denn zum ersten Mal waren sie gleich und nun konnte sie nichts mehr trennen. Sie würden für immer zusammen sein.

Der Türwächter beobachtete, wie sie sich im Dunst des Jenseits verloren, so eng beieinander, dass sie wie ein einziges Wesen wirkten. *Lebt wohl, Dana und Kai,* flüsterte er. *Die Lebenden werden euch nicht so schnell vergessen.*

Inhalt

dtv junior

Die Windsänger-Trilogie

»Ein Buch wie ganz großes Kino, absolut fesselnd und begeisternd.«
The Independent

»Ein leidenschaftlich geschriebenes Buch und eine mitreißende Lektüre für Jugendliche ebenso wie für Erwachsene.«
The Bookseller

»Nicholson gelingt mit diesem Buch etwas Ungewöhnliches. Der Roman ist utopisch und realistisch zugleich, denn von Beginn dockt er in der Gefühlswelt der Jetztzeit an.«
Süddeutsche Zeitung

Übersetzt von Stefanie Mierswa
ISBN 978-3-423-**70667**-4

ISBN 978-3-423-**70704**-6

ISBN 978-3-423-**70740**-4